虚子探訪

須藤常央

はじめに

本書は、先に出版した『虚子と静岡』の姉妹編として、俳誌「ホトトギス」に発表した写生文をまとめたものである。

俳句の師である稲畑汀子先生の膝下で、私が山会と呼ばれている文章会に参加するようになったのは、平成元年のことであった。もうすぐ三十年になるが、毎月締切に追われる様に書いたものばかりで、満足できるものは少なかった。

特に子規や虚子に関するものは、調査不足や表現の行き届かない箇所もあり、ホトトギスの読者から丁寧な指摘をいただいたこともあった。そんな反省も踏まえながら改めて読み返してみたが、確かに訂正しなければならない箇所もいくつかあった。

しかし、これは写生文の性格といってもよいと思うが、受け止めた事実を客観的に表現したものがほとんどであり、結局、細かな言葉の修正や加筆はしたものの、内容自体を見直す必要性はまったく感じなかった。その点、古い文章であっても初めての読者には参考となろう。

それでは第一章から第七章までの要点を簡単に述べてみよう。

第一章「虚子と鎌倉」は、本書のメインテーマである。虚子が東京から鎌倉に越したのは明治四十三年十二月のことであった。その後、亡くなる昭和三十四年四月八日まで、凡そ五十年間を鎌倉で過ごした。それも、明治・大正・昭和の三時代にわたっている。そのことを考えると本書に収録したものは、虚子の部分に過ぎないであろう。虚子と鎌倉の入門くらいの気持ちで読んでいただくのがよいと思う。

第二章「虚子と京都」は、虚子が学生時代を過ごした一時期を皮切りにその後も機会があるごとに訪ねている。今回は特に虚子の紀行文「時雨をたづねて」を中心に追いかけてみたが、虚子の残したものは、写生文のテーマとしても魅力的なものであった。今後も何か興味の対象が見つかれば、引き続き訪ねてみたいと考えている。

第三章「虚子と小諸」は、虚子が昭和十九年九月から三年にわたり過ごした、いわば疎開先であった。それだけに地元の俳人との交遊や句碑等も多く残されている。特に懐古園や小諸高浜虚子記念館を訪ねたことが書くきっかけとなった。三編だけではあるが、一章を設けることにした。

第四章「虚子と三河」は、当時海の俳句の第一人者といわれていた岡田耿陽《こうよう》の足跡を一度訪ねてみたいと予《かね》てから考えていた。武蔵野探勝を引き継いだ日本探勝の第一回が蒲郡《がまごおり》で開催されたのも耿陽の尽力があったればこそである。今後、虚子と三河の関係については、もっと探訪する必要があろう。

第五章「虚子と川端茅舎」は、虚子の茅舎を称えた言葉―花鳥諷詠真骨頂漢―が以前から気になっていたが、写生文を書くことで改めて原点を確認することができた。山会の仲間である川口利夫さんの案内で現地を訪ねることができたのも良き思い出となった。

第六章「虚子と島村元」は、山会の先輩であった成瀬正俊さんの遺志を継ぐべく、残されたメモを頼りに書き進めたものである。私の写生文は、フィールドワークが欠かせないことを改めて認識したことを思い出す。

第七章「武蔵野探勝」は、全百回開催された中で、私が実際に訪ねた場所は、数える程である。写生文の材料がまだまだ多く眠っていると思われるが、もう故人となられた野村久雄氏以後の百回完結の有志の出現が待たれる。

なお、各文末の日付は山会の開催日である。前著と同じく「ホトトギス」には、一つ一つを独立した文章として発表した。お世話になった中には、すでに安否が不明な方もおられるが、縁《えにし》のあった多くの方々になるべく早く本書を届けたいと考えている。

虚子探訪　目次

第二章　虚子と京都

第三章　虚子と小諸

第四章　虚子と三河

第五章　虚子と川端茅舎

第六章　虚子と島村元

第七章　武蔵野探勝

鎌倉周辺地図

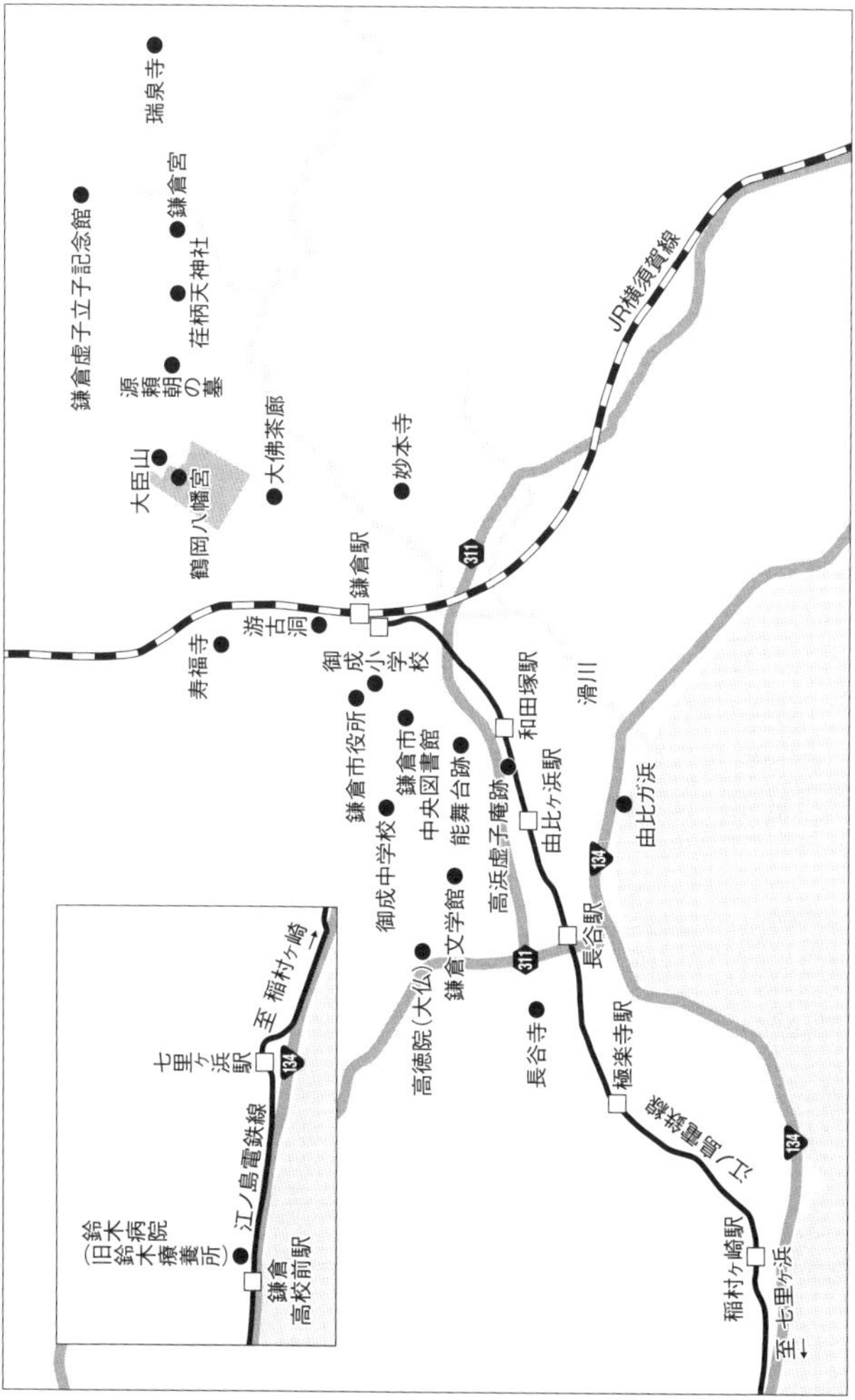
瑞泉寺
鎌倉宮
鎌倉虚子立子記念館
荏柄天神社
源頼朝の墓
大佛茶廊
妙本寺
大臣山
鶴岡八幡宮
JR横須賀線
鎌倉駅
311
游古洞
寿福寺
御成小学校
和田塚駅
滑川
鎌倉市役所
鎌倉市中央図書館
能舞台跡
由比ヶ浜駅
高浜虚子庵跡
由比ガ浜
134
御成中学校
鎌倉文学館
長谷駅
311
高徳院（大仏）
長谷寺
極楽寺駅
江ノ島電鉄線
134
稲村ヶ崎駅
至 七里ヶ浜
七里ヶ浜駅
至 稲村ヶ崎
134
江ノ島電鉄線
鈴木病院（旧鈴木療養所）
鎌倉高校前駅

第一章　虚子と鎌倉

愛子句集

送られて来た封書を開くと、中から小さな句集が出て来た。それは、ホトトギス社の句帳と比べてみても、その三分の二程の大きさで、これまで手にした句集の中で最も小さなものであった。

檀紙《だんし》と呼ばれる皺《しわ》のある白い和紙で装丁されていたが、中の紙質も厚く掌に載せた時、心地よい重さを感じた。

「これが愛子句集か」

心の中でつぶやくと、私は最初のページからゆっくり目を通しはじめた。

寿福寺《じゅふくじ》の虚子の墓の近くにある楓は、どうやら十二月が見頃のようで、私が訪ねた時は色付いた葉をすでに散らしていた。ふと散紅葉を手にしながら森田愛子の墓が、ここにあったことを思い出した。

かつて、初めて寿福寺に来た時、誰かに愛子の墓を教えてもらった覚えがあるが、十数年も前のことなので、それがどこにあったのか、忘れてしまっていた。ただ、虚子の墓を見つめるように建てられていることは、有名な話だったので、それだけが記憶に残っていた。

私は、矢倉《やぐら》の虚子の墓を半径十メートルの半円の中心に置き、その中に入る墓を一つ一つ見て歩いた。しかし、愛子の墓は見つからなかった。そこで今度は、半径を二十メートルに広げてみたが、結果は同じであった。多分、見落としたのであろうと思い、虚子の墓を背に腕を組みながら辺りを見回していると、目の前を箒を持った老人が通った。

「ちょっとよろしいでしょうか。この辺りに森田愛子の墓がある筈なのですが、ご存知ありませんでしょうか」

私はとっさに声を掛けていた。すると、

「これではありませんか」

と、すぐに返事が来た。老人の少し傾けた箒の先

愛子句集

を見ると、何度か目にしながらも通り過ぎていた小さな墓があった。それは、虚子の墓を背にして左斜め前方、十メートル程の所にあった。

「ありがとうございました。余り近すぎて気付きませんでした」

「ついでですが、高浜虚子の墓なら、先ほどあなたが立っていた後ろにありますよ」

老人はそう言うと、笑みを浮かべながら立ち去って行った。

愛子の墓は、広い墓所の中では余り目立たない存在であったが、虚子の小説『虹』にはじまる愛子を取り巻く一連の作品の読者は、きっと一度は訪ねてみたくなるであろう。

墓に供花《くげ》はなかったが、白い湯呑茶碗が置かれ、中には緑茶が注がれていた。墓地には雑草が一本もなかったが、近くの墓地もみな同じように清掃が行き届いていた。他に卒塔婆《そとうば》が三本、土に刺さっていたが、どれも愛知県在住のホトトギス同人・村松五灰子《ごばいし》さんが供養したものであった。五灰子さんは伊藤柏翠《はくすい》の門下で、柏翠亡き後は師の代りにこの墓を守っているようにも感じられた。

生前、柏翠さんとはホトトギスや伝統俳句協会の大会で何度かお目にかかったが、平成三年に一度だけ葉書を頂戴したことがあった。それは『伊藤柏翠自伝』の購入の礼状であった。

私は柏翠さんの自伝を注文する時に、

「もし、愛子句集の残部がありましたらお譲りいただけませんでしょうか」

と、お願いしたことがあった。柏翠さんは、いつもの調子で、

「一冊くらいならあるかも知れないネ」

と、私を期待させるような返事をされた。もちろん、希少価値の句集であることは分かっていたので、多分手にすることは叶わないであろうと、その後は諦《あきら》めていたのであった。

　実は当時、虚子の弟子の中で最も高値で取引されていた句集の一つが、昭和四十一年に発行された、ゑちぜん豆本の一冊『愛子句集』であった。他に、昭和九年に玉藻社から発行された『川端茅舎句集』も一冊で虚子全集（毎日新聞社刊）を凌《しの》ぐ高値で神田の古書店に出されていたのを見たことがあった。

寿福寺の愛子の墓

　私は愛子の墓を見つけられたことに満足したが、再び愛子句集を手にしてみたいとの思いに駆られていた。私は鎌倉から静岡に戻ると、さっそく静岡市在住のホトトギス同人・鷲巣ふじ子さんに電話を入れてみた。ふじ子さんもまた柏翠の門

下であった。

　僕のお弟子さんで静岡の片山材木店の片山はま子、片山きよ子、鷲巣ふじ子、という姉妹の俳人がいるんですが、私はそこにしょっちゅう行って一緒に句を作っては、東京へ出たり福井県に帰ったりする。その足掛かりとして静岡によく泊まったんです。

　これは、平成七年に天満書房から発行された『虚子先生の思い出』の中の一節であるが、もしや、ふじ子さんならば持っているのではないかという感が働いたのであった。

「その句集なら、柏翠先生から頂戴して大切に仕舞ってあります」

「何とかお貸しいただけませんでしょうか」

「以前、人に貸した本が返らなくて困ったことがありましたが、常央さんなら信用しましょう」

　その二日後に届いたのが、愛子句集であった。小さい割に確かな厚みがあり、俳句の他に愛子の文章なども収録されていた。

　俳句は九十四ページで終っていたが、次のページから九十九ページまでは、愛子の死の場面を描写した筆者名のない文章が掲載されていた。

愛子は、昭和二十二年四月一日午後四時五十分に柏翠と母の手を左右にとりながら息を引き取ったが、愛子の有名な次の一句が、絶命の少し前、午後一時半に詠まれたものであることを知ったのであった。

虹の上に立てば小諸も鎌倉も

（平成十八年三月二十六日）

（注）伊藤柏翠氏は平成十一年九月一日に、鷲巣ふじ子氏は平成二十五年十二月五日にそれぞれ逝去された。

寿福寺

鎌倉寿福寺の虚子の墓の前まで来ると、墓に名刺受があることに気付いた。それは、十数年前に来た時にも気付いていた筈であるが、何故《なぜ》かはじめて見るような心持がした。

裏を覗くと十センチ四方の穴に名刺が折り重なっていたが、下の方のものはすでに文字が

虚子の墓（中央）

褪せ、時間も大分経《た》っているようであった。裏には、鍵の付いた箱のようなものがあると想像していたが、中は矢倉を刳《く》り貫《ぬ》いた土のままの状態で強い湿気を帯びていた。足許《あしもと》を見るとそこにも一枚名刺が落ちていた。拾ってみると、それは外国人のもので、英語名の下にリー・ガーガとカタカナが振られ、俳誌「モダンハイク」（米国）編集長とあった。

私は穴から名刺を取り出すと、湿気で張り付いていた一枚一枚を丁寧《ていねい》に剥《は》がし、矢倉の中にあったベンチに並べて干した。その中には文字の判読の困難な、半ば朽ちてしまっているものもあったが、十二枚の名刺からは、同じ虚子の墓の前に立ったそれぞれの思いが伝わってくるようであった。

私はいったん虚子の墓を離れると、無数の矢倉に沿って歩きはじめた。岩山の崖の一方の端近くには、源実朝《さねとも》と北条政子の供養塔があった。二人の本当の墓がどこにあるのかは定かでないと何かの本で読んだ記憶があるが、寿福寺そのものが政子の創建であることを思えば、供養塔＝墓ということで、私の中では自然に受け入れることができた。

政子の墓は、虚子の墓から五十メートル程先のやはり矢倉の中にあるが、入口が狭く虚子のそれに比べると大分暗く感じた。しかし、供養は絶えないようで、丁度《ちょうど》午後の冬日が供花の辺りまで差し込んでいた。

伊豆の修善寺には、政子の長男・源頼家《よりいえ》の墓があるが、その近くには政子が頼家の冥福を祈って建てたと言われている指月殿《しげつでん》がある。中には鎌倉時代に制作された釈迦如来坐像を中心に左右に一対の仁王像が安置されているが、指月殿を建立した政子も、その後、二男の実朝が頼家の子に殺されるとは夢にも思わなかったであろう。

そんなことを考えながら政子の墓の前に佇んでいると、矢倉の上の木々に風が来ていることに気付いた。名刺が飛ばされてしまうかも知れないと思った私は、すぐに虚子の墓に戻った。

虚子に「秋の蝶」と題した写生文がある。これは、ホトトギス昭和十六年十一月号に掲載されたもので、文末に添えられた―手を出せば直ぐに引かれて秋の蝶―の一句から名付けられたものである。それは、虚子の墓の左右にある白《はく》童女と紅《こう》童女の墓の謂《いわ》れや虚子が自身の墓を決めるまでの経緯のよく解る一文であった。

墓なんかどうでもいゝ、波打際にうつちやつてもよし風葬でも差支無いと考へていた私が、遂に自ら墓地を選定することになつたことも、つとめてさうしたわけではなく、たゞ何となくさうした方がいゝやうな考になつたからである。それも前に自分の子の白童女の墓があつたのではあるが、今度防子の死といふことによつて、そんな考に導かれて行つたのである。私は寿福寺の岩穴の中で、白童女・紅童女の二人を手をひいてそこにゐる、それも亦いゝではないかといふ気がする。

実は、虚子の墓近くに眠る小説『虹』のヒロイン・森田愛子もこの「秋の蝶」を読んでいた。このことは数少ない愛子の写生文「矢倉」に出てくるが、愛子が伊藤柏翠とこの寿福寺を初めて訪ねたのは、昭和十六年二月のことであった。句会の兼題に実朝忌が出ていたので、実朝の墓を訪ねるのが目的であったが、六（白童女）の墓のことを思い出し柏翠と手分けして句会の締切時間近くまで探すが、その日は遂に見つからず諦めて墓地を後にしている。

その後愛子は、鎌倉での療養を切り上げて三国《みくに》に帰るが、間もなくホトトギスに発表された「秋の蝶」を読み、愛子自身も矢倉の中に眠りたいとの思いを強くしていったのであった。ベンチの上に干しておいた名刺はすっかり乾き、中には反り返ってしまったものもあったが、それは冬の虫干のような趣《おもむき》であった。私は、新しく作ったばかりの自分の名刺を一番上に置くと、十三枚の名刺を輪ゴムで括《くく》り元の穴に戻した。

（平成十八年四月三十日）

（注）紅童女は高木晴子の娘・防子《さきこ》のことで虚子の孫。

虚子庵

鎌倉寿福寺の虚子の墓を詣でた私は、いったん鎌倉駅まで戻ると、江ノ電の改札を通った。電車を待つ間に資料を確認すると、かつて虚子の住んでいた虚子庵の現住所は、鎌倉市由比ガ浜三丁目であった。

さらに駅の売店で買い求めた鎌倉市の地図を開くと、虚子庵の位置の見当をつけた。それは、鎌倉の次の和田塚駅とその次の由比ケ浜駅のちょうど中間くらいの所にあるようであった。

また、虚子庵が踏切の角にあることなども知っていたので、私は迷うことなく行けることを直感し、ホームに入ってきた電車に乗った。

ホトトギス平成十二年十一月号を繙《ひもと》くと、「額の花」と題する稲畑汀子先生の写生文が載っている。これはＮＨＫの番組「五七五紀行」の撮影のために、先生が鎌倉の虚子庵を訪ねた時の事を書かれたものであった。

山会で先生が「額の花」を朗読されるのを聞きながら、私も一度、虚子庵を訪ねてみたいとの思いに駆られたことを覚えているが、その内容から、虚子夫人亡き後、虚子庵が人手に渡ったことや、現在も建物は昔のままに苗字の違う二つの表札が掛かっていることなどを知ったのであった。

江ノ電の駅の間隔は、地図で見る限りどこも一キロ未満で、和田塚と由比ケ浜の間は、四百メートル程であった。料金が同じ百九十円だったので、どちらの駅で降りてもよかったが、由比ケ浜に近い鎌倉文学館まで足を伸ばすことを考え、ひとまず和田塚で下車することにした。

和田塚から線路伝いに行くのが最も分かり易く、しかも最短距離で虚子庵に着くことを地図の上で確認していたが、電車がいつ来るか判らない状況の中で躊躇《ちゅうちょ》していると、中年のカップルが線路内から近くの家に入るのが見えた。駅近くだったこともあり、安心して二人が消えた所まで線路内を行くと、そこは甘味処であった。

線路側に開かれた門には暖簾《のれん》がかかり、門柱には無心庵とあった。私は線路側から客を招く店を初めて見たが、さらに目を先にやると今度は親子連れがどこからともなく線路内に入り、由比ケ浜方向に歩いて行くのが見えた。

私も心惹《ひ》かれるように、無心庵から百メートル程行くと、そこは親子連れの消えた最初の踏切であった。遠くで踏切の鳴る音が聞こえたので、しばらくその場に待機していたが、単線の電車はどうやら上下交互に五分間隔くらいで行き来しているようであった。

かつては、虚子庵も線路側に門があったことを「額の花」で知ったが、現在も多くの家が線路側に開かれていることを、わずかの距離を歩くことで確かめることができた。私は、家と生活の空間を共有している鉄道が、虚子ゆかりの鎌倉に残っていることに感激したが、江ノ電が多くの人に愛されている、そんな気持ちの一端に触れたような思いであった。

電車をやり過ごしてから、さらに百メートル程進むと二つ目の踏切の前に出た。虚子庵はこの辺りにある筈だと見回すと、果たして、踏切右手の角の垣根の下に句碑があることに気付いた。

浪音の由比ケ浜より初電車

虚子句碑
―浪音の由比ヶ浜より初電車―

それは、高さ七十センチ程の目立たない句碑であったが、色紙に書かれた虚子の自筆を石の表面の一部にそのまま写して刻んだものであった。

この作品は、大正十五年一月に詠まれたもので、『ホトトギス新歳時記』にも採用されていた。句碑には他に俳句より大きな文字で「虚子庵趾」と刻まれていたが、その横には小さな案内板が、垣根の下に半ば隠れるように設置されていた。

そこには、高浜年尾の「虚子と家」と題する文章からの引用と虚子の略歴などが記されていたが、句碑は昭和五十七年四月に建立、案内板の方は平成六年十二月に作成されたものであった。その年尾の文から、虚子は家を持つことに対して執着の少ない人であったようだ。

余り人目の付かない所に「虚子庵趾」の証拠を留めたのは、今の家主に配慮したものと思われたが、私のような輩《やから》に家の周りをうろつかれたのでは迷惑に違いなかった。

それでも、挨拶くらいはしておくべきだと考え、玄関のブザーを何度か押してみたが、応答はなかった。

私は、虚子庵の周囲をそれとなく歩いてみたが、庭の詳細を窺うことができなかった。ただ、江ノ電側の垣根は大分荒れていて、虚子の愛した庭の一部を覗かせていた。庭の中ほどにある太い木は桜であろうか、それは花を付ければ外からでも十分眺めることができる枝ぶりであった。

そして、特に私の目を引いたのは、庭の空高く伸びた棕櫚《しゅろ》の木で、それは少し遠くからでもよく見ることができた。

次回は、桜の季節にこの棕櫚の木を目指して来ようと思った。


（平成十八年五月二十八日）

花簪

今年も四月八日の虚子忌に参加することは叶《かな》わなかったが、その三日前に鎌倉を訪ねる機会があった。その日は生憎《あいにく》の雨であったが、横須賀線の車窓から花の景色を楽しむことができた。

虚子庵の花もきっと見頃だろうと思い、私は鎌倉駅に到着すると、すぐに江ノ電に乗り換えた。

私の愛読書に『虚子俳話』があるが、短い俳話のあとに虚子の近吟三句が掲載されている。これは、俳話とは直接関係のないもので、書物に纏《まと》める際に一旦《いったん》は省こうと考えたが、出版社の勧めでそのまま掲載することになったと、その経緯を序に記している。

その中には、いつの間にか記憶に留《とど》め、時々口を突いて出てくる作品がいくつかあった。

幹 に ち よ と 花 簪《かんざし》 の や う な 花

これは、虚子俳話本編の最後の一句として登場するが、句日記によれば、昭和三十四年三月三十日の句謡会に出された作品であった。そして、同じ日の作品に虚子の辞世とも思いたくなる次の句があることを知った。

春 の 山 屍《かばね》 を う め て 空 し か り

それ以後、「幹にちよと…」と言うと、次は「春の山…」という具合に心持の対照的な二句が、自然に出て来るようになった。

電車は、由比ケ浜駅に到着した。虚子庵は、一つ手前の和田塚駅との中間位の所にあり、どちらから行っても二つ目の踏切の角にあることを以前来た時に確認していた。それは距離にすると、二百メートル程であった。線路側の垣根に近く、棕櫚《しゅろ》が高々と伸びているので、それが虚子庵の目印となった。

虚子庵の桜は満開のように見えた。降る雨にも散らず、―咲き満ちてこぼるゝ花もなかりけり―の句がすぐに頭に浮かんだ。よく見ると淡いピンクの花の下から濃いピンクの花の枝が差している。これは明らかに別の桜であった。

もう少しよく見てみたいと思い、線路内から近付くと、垣根の隙間から菜の花の明るい色が目に飛び込んできた。耕した形跡があることから、どうやら庭の一隅を畑として利用しているようであった。

青々とした垣根の上には、二本分の桜の枝が交差していたが、幹や根元の様子までは見ることができなかった。ただ、虚子亡き後もそのままの状態で人の手が余り入っていない様子であった。

昭和五十八年に虚子の五女・高木晴子の著書『遥かなる父・虚子』（有斐閣）が出版された。その中に「花簪」と題する一章がある。これは晴子が、当時九十歳になっていた母へのインタビューから判明したものであった。

このね、花簪と云ったのは母さんなのよ。お父さんに、あの幹に花簪のように花が咲いていますね、と云ったので、お父さんが俳句に作られたのよ。母さんが花簪と云ったのでその通りお父さんが俳句になさったのよ。

恐らく今､垣根を隔てて目の前にある桜にも虚子夫妻の見た花簪が付いているのであろう。しかし、それは庭の外からでは確認することができなかった。

私は何とか庭に入れてもらえないものかと思い、門のブザーを何度か押してみたが、以前来た時と同じようにやはり返事はなかった。虚子庵の花の盛りを訪ね得たことに満足すべきであったが、もしやブザーが故障しているのではないかとも考え、裏の勝手口に回ってみることにした。

裏門には表札が掲げられていたが、門は固く閉ざされていた。その門の内側から黒々とした太い幹が伸びていたので見上げると、それは電線に触れんばかりの桜の古木であった。しばらく空を見上げていた目を水平に戻すと、そこには花簪が三つ、雨に濡れた幹に確かな彩を添えていた。

（平成十八年六月十八日）

門札

寿福寺の虚子の墓に詣でた私は、鎌倉駅の近くまで戻って来ていた。市役所前の交差点から南へ続く狭い歩道は、傘を差した人達が一方向へ流れていたが、もう一度地図で目的の場所を確認すると、流れの後に蹤《つ》いて行った。立ち止ってはのろのろと二百メートル程行くと、急に前方が展《ひら》け、これまで私の前を塞いでいた長い列は、真っ黒な門の中に吸い込まれて行った。上部を横木で貫いた威容な門の前に佇んでいると、私の後から続いて来た人達もまた、その多くが門の中に入って行った。

「すみません。写真よろしいでしょうか」

小雨の中、門の写真を撮っていると、見知らぬ女性から声を掛けられた。この女性も先ほどから私と同じように写真を撮っていたので、声を掛けられるかも知れないという予感があった。

「ええ、どうぞお並び下さい」

私は快く引き受けると、彼女のカメラで彼女とその娘、それに鎌倉市立御成《おなり》小学校と書かれた門札《もんさつ》を画面に入れてシャッターを切った。

御成小学校の校門は、御用邸時代の冠木《かぶき》門の姿そのままに鉄筋コンクリートに建て替えられたものであった。そして、この門札の文字は、虚子の手によるものであった。もちろん、現在のものはレプリカ、すなわち二代目の門札で最初に造られたものが、今どこにあるのかは分からなかった。

今、私の手許に京都市在住の郷土史家・松本皎《あきら》氏からお送りいただいた昭和三十四年四月九日（木）の朝日新聞のコピーがある。もちろん虚子の亡くなった翌日の新聞であるから、他の多くの新聞もその訃を報じたことは想像に難《かた》くない。しかし、この記事だけは特別であった。「恵まれぬ子に七年贈り続けた虚子〝高浜資金〟明るみに出る」の見出しは、すぐに私の目を釘付けにした。以下、大雑把ではあるが、要点をまとめたものを示す。

弔問客でごった返す中に、鎌倉市御成小校長・三浦郷親氏の霊前に額づく姿があった。

朝日新聞

昭和34年4月9日　木曜日

恵まれぬ子に七年
贈り続けた虚子
"高浜資金"明るみに出る

【鎌倉発】明治、大正、昭和の三代にわたって俳句界に巨歩を印した高浜虚子氏は八日ついに永眠した。鎌倉市材木座二二六八の邸は弔問客でごったがえしているが、その中に鎌倉市立御成小校長三浦郷親氏が霊前にぬかずく姿も見られた。虚子氏が七年前から同校の恵まれない生徒たちのかげの力になっていたことに対する深い感謝をささげながら。そして虚子氏と子供をめぐる話題が初めて明らかにされ、関係者は改めて"高浜翁"の人柄をしのんだ。

七年前の昭和二十七年のある日、虚子氏の末娘の上野章子さんが「父母から校長先生に渡してほしいと頼まれました。恵まれない子の給食費に使って下さい」と夫人いとさん（[illegible]）の名で三千五百円を差出した。それからは欠かさず、同校に在学中だった孫の晁子さん（一〇）を通じて毎月三千五百円が虚子氏から三浦校長に渡された。卅一年になってからは「たびたびはわずらわしいから」と一度に十万円が贈られた。しかし「けっして名前を発表してくれるな」というのが最初からの虚子氏の強い希望だった。三浦校長はその意をくみ二、三の人を除いては固く自分の胸にひめ、先生方にも、PTAの役員にも「ある篤志家の好意から」とだけしか発表しなかった。修学旅行のときは、この資金の中から貧しい子の旅費、弁当、お菓子代などが支出された。おかげで貧しい子も少しもひけ目を感ずることなく、そろって修学旅行を楽しく過ごすことができたが、その子の親たちも好意の主の名は知らされなかった。

さらに去る二十九年、虚子氏は文化勲章をうけたのを記念してやはり「恵まれていない子供のために役立ててほしい」と同校に五万円、孤児を収容している鎌倉保育園にも五万円贈った。ところが給食費の国庫補助が出るようになってからは十万円に手をつける必要はほとんどなくなったので、これに文化勲章記念の五万円を加え、さらに他の人からも贈られた寄金なども加え、百万円になったら財団法人とし、貧しい子の奨学資金にしようと、PTA最高責任者との間に話合いがついている。その資金は"高浜資金"と名づけられ、すでに三十万円になっており、やがては虚子氏のおかげで大学まで進む生徒が出ることになろうという。

虚子氏が書いた御成小学校の門札（門の右手に同じく御成中の門札もある）

ところで同校と虚子氏のつながりから、三浦校長は虚子氏の遺墨としのぶものを何とか形で校内に残したいと考え、五年前に隣接する御成中の分を含めて校門に門札を書いてほしいと希望した。虚子氏は一字の長さが四十ギもあるような大きな字は書いたことがないといいながらもこころよく引受けた。晁子さんが学校で書いた作文には「おじいさまは手をふるわせながら何度も何度も練習して書きました」とあった。

朝日新聞（昭和34年4月9日）

その校長の談話として…七年前の昭和二十七年のある日、虚子の末娘の上野章子さんから「恵まれない子の給食費に使って下さい」との理由で、虚子夫人いとの名で三千五百円の差し出しがあった。そして、その後も欠かさず毎月三千五百円が三浦校長に渡されたのであった。「決して名前を発表してくれるな」というのが、最初からの虚子の強い希望で、

御成小学校の門札（二代目）

三浦校長も周囲には「ある篤志家《とくしか》の行為から」としか言わなかったそうである。三浦校長は、そんな虚子の遺徳を何とか残したいと考え、五年前に隣接する御成中の分を含めて門札を書いて欲しいと希望した。その申し出に虚子は、一字の長さが四十センチもあるような大きな字は書いたことがないと言いながらも快く引き受けてくれた。当時、この小学校に通う虚子の孫・美子《よしこ》（上野章子の長女）は、作文に「おじいさまは手をふるわせながら何度も何度も練習して書きました」と綴ったとのことであった。

虚子の門札は、冠木門の向かって左の柱に掲げられていた。虚子の短冊や色紙に書かれた文字を見る機会は、これまでもあったが、この様な文字を見たのは初めてであった。それは、虚子の文字であることを知らなければ、恐らく誰も気付かないと思われるような流麗なもので、晩年の形にとらわれない俳句の文字とはまた違った行書体の美しさがあった。

「もう一枚よろしいでしょうか」

そう言うと親子は右の柱に移動した。私は二人と「平成十八年度第七十三回入学式」と書かれた案内板を画面に入れると再びシャッターを切った。画面の奥には、校内の桜が映っていた。


（平成十八年七月二十九日）

門札以前

虚子庵を訪ねた私は、そのまま由比ガ浜大通まで出ると鎌倉文学館に向かった。地図で確認すると、歩いて十分程で行けそうな距離であったが、文学館の周辺の等高線がやや混んでいたので、途中から坂道が予想された。

この鎌倉文学館でかつて高浜虚子展が開催されたが、結局行かずじまいであった。そのことが今でも記憶に残っていて、一度訪ねてみたいと思っていたのであった。

曲りくねった急坂を上り終ると、一人の老人に呼び止められた。通常、入館料は館内の受付で払うものと思って通り過ぎようとしたのであったが、ここでは坂道の途中に受付らしきものがあって、観覧料をそこで支払うようになっていた。

実は、ここは文学館の正門で、私は旧前田公爵《こうしゃく》家の別邸であった九千坪を超える敷地内にすでに入っていたのである。少し先には招鶴洞と呼ばれている短いトンネルがあって、本館はさらにその先にあった。

「道路沿いにたくさんある旗のようなものは何でしょうか。あれは高浜虚子ですね」

雨にも十分耐えられそうな素材の布に転写された虚子を見付けた私は、受付の老人に尋ねてみた。

「フラッグと呼んでいますが、昨年開催しました鎌倉百人展の時に、すでに他界された八十人分の写真を旗にして飾ったものです」

「平成十七年のいつ頃ですか」

「確か、十月から十二月の半ば頃まで開催しておりました。評判がよかったので、しばらくこのままにしておく予定です」

虚子のフラッグは、正門から一番近いところにあった。

文学館へはその二階から入るように道が続いていたが、玄関から先は靴を脱がなければならなかった。受付のある狭いホールは売店を兼ねていたが、私が入るとすぐに係の女性が出迎えてくれた。私は、さっそく彼女に尋ねてみた。

「確か、昭和六十年代だったと思いますが、ここで高浜虚子展が開催されていますね。その時の資料はございますか」

「少々お待ち下さい」

そう言うと彼女は、いったん受付の部屋に戻ったが、しばらくすると当時の資料を持って出てきた。

虚子のフラッグ

「昭和六十二年五月二十七日から七月十二日まで開催されています。これがその時発行された資料ですが、残部がもうありませんのでお分けすることができません。もし、必要なところがあれば、コピーをお取りすることはできます。どうぞ談話室でゆっくりご覧下さい」

私は図録を預かると二階の一番奥の談話室に入った。帽子を被った虚子の横顔が表紙を飾っていたが、三十ページを超える厚いものであった。

さっそくページをめくると、「虚子の後のホトトギス」と題した稲畑汀子先生の一文が目に入った。短いので一気に読んでしまったが、「花鳥諷詠を世に問い、ひろめるために昭和六十二年四月、自然発生的に日本伝統俳句協会を結成した」と結ばれていた。

私は、高浜虚子展が日本伝統俳句協会結成時に開催されたことを改めて知ったのであった。そして、図録を持って受付に戻ると先程の女性に、「申し訳ありませんが、全部コピーしていただけませんでしょうか」と頼んでみた。

彼女は少し戸惑っていた様子であったが、別の男性が出てきて、「少々時間が掛かりますがよろしいでしょうか」と言って承知してくれた。

コピーを待つ間、売店にあった『鎌倉文学散歩』の何巻かを拾い読みしていると、その中の一冊に御成小学校の校門の写真と門札の謂《いわ》れについての記述があることに気付いた。そこには、門札の字を虚子が書いたものであることが記されていた。

「この本、いただけますか」

私は、傍《かたわ》らにいた男性に代金を払うと、門札の記事について尋ねてみた。

「私では詳しいことが分かりませんので、一階の事務所にいる学芸員にお尋ねいただけますか」

　紹介された学芸員のSさんは、若い女性であったが、私の質問にテキパキと答えてくれた。

「以前は向かって右側に御成中学校の門札があったようですが、盗難に遭いまして、行方知れずになっています」

「門札を？ですか。変った泥棒もいるものですね。確かに写真を見ても取り外された跡が傷のように白く残っていますが、今も小学校には虚子の門札が残されているのですか」

「小学校の門札は残っていますが、二代目で初代のレプリカが飾ってあります」

「初代はどこにあるのですか」

「どこかに保管されていると聞いていますが、場所までは分かりません」

「中学校の方はどうなっていますか」

「現在、中学校は小学校から少し離れたところにありますので、その後の事情は承知しておりません」

「大変参考になるお話を聞かせていただきまして、ありがとうございました。また今度鎌倉に来た時に両校を訪ねてみたいと思います」

　私は受付でコピーを受け取ると礼を言い玄関を出た。招鶴洞をくぐり元来た道に戻ると再び虚子のフラッグの前に来ていた。カメラを向けると画像の虚子が微笑《ほほえ》んだような気がした。

（平成十八年八月十九日）

門札その後（一）―御成中学校―

鎌倉市御成小学校の門札の文字は、虚子の手によるものであったが、現在掲げられているものは二代目、すなわち初代のレプリカであった。当時は御成中学校も同じ払下げを受けた御用邸の敷地内にあったので、一つの門の左右に二つの門札が掲げられていた。虚子がこの両校の門札を書いた時期は、当時の新聞記事によると、虚子の亡くなる五年前とあるので、それが正しければ、昭和二十九年頃となる。

今年四月、偶然にも御成小学校の入学式の門札に見《まみ》えた私は、今度は御成中学校の門札を確認すべく、笹目町にある中学校を訪ねてみることにした。地図で確認すると、そこは小学校から西へ五百メートル程の距離で、山の中腹とも思える高台にあった。

小学校の脇道から中央図書館の前を通り過ぎると広い道に出た。すでに前方の万緑の中に大きな建物を捉えていたが、恐らくあれが中学校であろう。そう思いながら、そのまま進んで行った。

住宅街の端まで来ると道は突然急坂に変った。コンクリート舗装の表面には無数の判で押したような円形の模様が刻まれていたが、これは車のスリップ防止のために付けられたものであった。この模様の付いている道は、かつて何度か歩いたことがあるが、徒歩でもかなりキツイことが分かっていた。

前屈みになりながら坂を上りはじめると、すぐに中学校の入口の前に出た。坂道の途中に設けられた入口は、一メートル程の高さの横引きの鋼製柵が、ほぼ道幅に開いたままになっていた。私は迷わず中学校の敷地内に入ったが、道はさらに角度を増しながら上に伸びていた。

「ここに通う生徒達はみな足腰が丈夫《じょうぶ》になるに違いない」

生徒達の坂を上って行く姿を思い浮かべながら額の汗を拭《ぬぐ》うと、入口の所から聞こえていたブラスバンドの練習の音が急に迫って来た。息を切らしながら何とか校舎の建つ平地に辿り着くと今度は音が急に止んだ。

誰かに案内を請うつもりで辺りを見回したが、人の気配はなく、気が付くと無数の校舎の窓に囲まれた空間に一人佇んでいた。正面の壁には大きな校章があり、中に入れそうな庇の付いた開き戸が見えた。近付くとそこがどうやら正面玄関のようであった。私は上半身を中に入れて、「ご免下さい」と大きな声で呼んでみた。人の気配がしたので再び館内に響く声で呼ぶと今度は返事があり、女性が奥の部屋から出てきた。

「突然お邪魔して申し訳ございません。実は、門札のことでお聞きしたいことがありまして」

「門札？ですか」

「はい。御成中学校の門札です」

「少々お待ち下さい。分かる者を呼びますので」

そう言うと彼女は、先ほど出て来た部屋に戻って行った。しばらくすると、

「松本と申しますが、どの様なご用件でしょうか」

と、年配の男性が現れた。

「昼時にお邪魔して申し訳ございません。実は、高浜虚子を追いかけてここまで来たのですが、この中学校の門札の文字は虚子が書いたものと聞いています。もし、あるようでしたら見せていただけないものかと思いまして、静岡から参りました」

そう言うと私は名刺を渡した。

「その話は私も聞いていますが、今どこにあるのか…。ちょっと外に出てみて下さい」

私は、松本先生といっしょにいったん庇の下まで戻った。

「実は、ここにあったことだけは確かなのですが、その後の行方を確かめていません」

幅が十メートル程ある庇の下には二台のオートバイと自転車が一台置かれてあったが、松本先生の言葉は、入口と他の壁を仕切る幅七十センチ程の柱に門札があったことを告げていた。

「卒業アルバムの写真を毎年ここで撮っていますので、それを見ればいつ頃まであったか判るかも知れません。どうぞ中にお入り下さい」

私は校舎の一室に案内されると、さっそく卒業アルバムを見せてもらった。松本先生が見当をつけて、最初に一九八八年（昭和六十三年度）の卒業アルバムを見たが、そこには確かに門札が写っていた。一冊一冊確かめながら二〇〇〇年（平成十二年度）まで来たが、門札は細かな傷を増やしながらもその姿を柱に留めていた。

「二〇〇〇年まで来ましたが、まだありますね」

松本先生は、私に声を掛けながら引き続き二〇〇一年（平成十三年度）のアルバムを開いた。

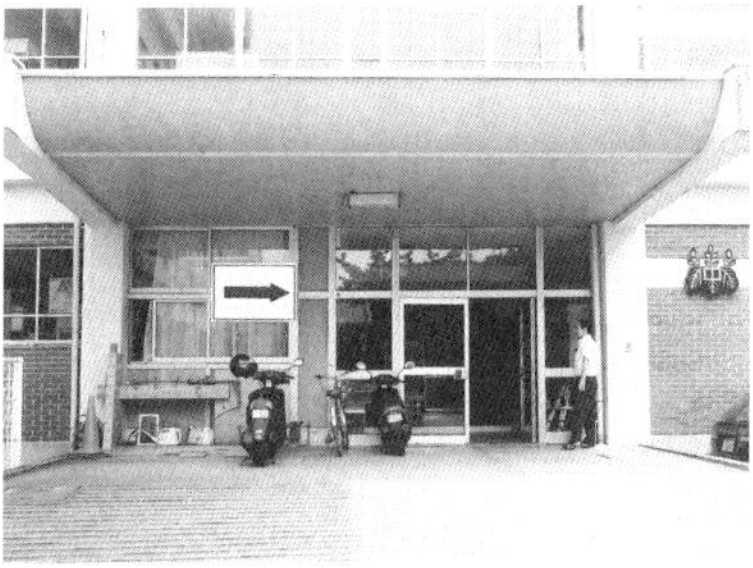

御成中学校　かつて矢印の場所に門札があった

「あッ！ありません」

私は思わず声を挙げた。その後のアルバムも調べてみたが、門札は平成十二年度を最後にそれ以後の卒業アルバムからは消えていた。

「御成中学校の虚子の初代の門札は、盗難にあったと聞いていますので、アルバムの門札は恐らく二代目のものでしょう」

「その二代目も痛みが激しくなったので、多分どこかに保管したのだと思います。この校舎の中にはどうやらなさそうです」

「誰かその辺の事情の分かる方はおりませんでしょうか」

「そうですね、今は学校も夏休みに入ってしまっていますので…。鎌倉市役所の中に教育委員会がありますが、そこでお聞きになれば何か分かるかも知れません」

「まだ時間も早いので、帰りに寄ってみたいと思います。先生のお蔭でまた一歩調査が進みました」

私は松本先生に礼を言うと中学校を後にした。下り坂の途中まで来ると、ブラスバンドの練習が再びはじまっているのに気付いた。

（平成十八年九月十八日）

門札その後（二）—御成小学校—

鎌倉市御成中学校の門札の行方を探《さぐ》るべく、私は鎌倉市役所内にある鎌倉市教育委員会を訪ねた。学校はすでに夏休みに入っていたが、市役所は普段の日ということもあって、職員の多くが在籍していた。

「昼休みに申し訳ありません」

目の前にいた食事中の女性に恐る恐る声を掛けると、彼女はすぐに箸を擱《お》いて席から立ち上った。

「どのようなご用件でしょうか」

「お食事中、申し訳ございません。御成小学校と中学校の門札について、お尋ねしたいことがありまして」

「どうぞ中にお入り下さい」

そう言うと彼女は、奥の席に座っていた男性に引き継いでくれた。

「実は、高浜虚子を追いかけて静岡から参りました」

そう言うと私は、名刺を差し出し挨拶をした。

「教育センター所長の山本と申します」

「所長さんでいらっしゃいますか。それは失礼いたしました。ここに来る前に御成中学校を訪ねましたところ松本先生がおられまして、先生からここで聞いてみてはどうかとアドバイスをいただきました」

「どのような内容でしょうか」

「小学校と中学校の門札の文字を高浜虚子が書いたということを知りまして、その写真を撮りにきたのですが、中学校にはもうありませんでした。松本先生に確認していただいたのですが、平成十二年までは確かにありました。その後、取り外されてどこかに保管されたようなのです」

そこまで話すと山本所長の硬い表情が急に明るくなった。

「そのことでしたら承知しております。今行けるかどうか確認しますので、少々お待ち下さい」

　電話を掛けている間、机の上を見ると彼もどうやら食事中だったようで、弁当箱が開いたままになっていた。

「よろしければ、これからごいっしょしませんか。須藤さんの探しているものをお目にかけます」

「お食事の方は？ まだ食べ終わっていないようですが…それでは、お言葉に甘えまして、ごいっしょさせていただきます」

　私は、同世代くらいと思われる長身の彼の後に蹤《つ》いて行った。

「実は私、昨年まで御成小学校の教頭をしていましたので、虚子の門札は毎日のように見ていました。中学校の最初の門札が盗難に遭ったという話も聞いています」

「そうでしたか。ということは、小学校の初代の門札と中学校の二代目の門札が、御成小学校に保管されているということでしょうか」

「そうだと思います。保管されているというより、生徒がいつでも見られるところに飾ってあります。ただ、校舎の中ですから、一般の方には開放しておりません」

　山本所長の足取りは軽く、私達はすでに市役所に隣接する校内に入っていた。

「それにしてもすばらしい環境の小学校ですね。敷地は広いし、校舎も昔の木造建築のような風格があります」

「材質は鉄筋コンクリートですが、デザインが木造風で周辺の環境に調和するように設計されています」

校舎の玄関の前には、よれよれの作業服を着た男が一人立っていたが、私達を見るとお辞儀をした。

「教頭先生、お邪魔して申し訳ありません。先程、連絡させていただいた件につきまして、お見せいただいてもよろしいでしょうか」

私達にお辞儀をしてくれたのは、どうやら御成小学校の現在の教頭先生のようであった。

「お手数をお掛けして申し訳ございません」

私は教頭先生に挨拶をすると、山本所長の案内で校舎の中に入った。

「中もすばらしいですね」

私は二階に上がる階段の黒い手摺りを撫でながら溜息をついた。

「この手摺りは、旧木造校舎で使われていたものを移築したものです」

「入学希望者が多くてお困りではないですか」

山本所長は黙って頷《うなず》いた。

二階に上がるとすぐ正面に展示室のようなオープンスペースがあり、虚子の門札は階段の真正面に立て掛けてあった。

「これが虚子の門札です」

山本所長の言葉に、私は二つの門札をしみじみと見た。中学校の門札は二代目と思われたが、彫り込んだ文字の黒さが薄れ、地肌の色に変っていた。小学校の門札は初代のものであるが、文字の黒さもはっきりと、当時の面影を留めているようであった。ただ、板材のヒビ割れが進み、上から下まで数本の線が走っていた。

御成小学校に保管されている初代の門札（右小学校、左中学校）

「門札の虚子の書は残っていますか」

「残念ながら行方不明になっています」

小学校の門札の横には、晩年の虚子の顔写真が展示され、ルビ付の解説があった。

御成門《おなりもん》にかかっている校名《こうめい》の文字《もじ》は、俳《はい》

句《く》で有名《ゆうめい》な高浜虚子《たかはまきょし》さんという方《かた》が書《か》かれたものです。ここの板《いた》は雨《あめ》や風《かぜ》でいたんできたので保存《ほぞん》します。外《そと》の札《ふだ》は平成《へいせい》十一年《ねん》三月十五日にかけかえました。

私は、今も虚子の遺徳がこの校舎に生き続けていることを感じながら、しばらくその場に佇んでいた。

（平成十八年十月三十日）

門札その後（三）―門札の真相―

ホトトギス平成十九年一月号に「門札以前」が掲載された直後、松戸市在住のホトトギス同人・高瀬竟二氏から手紙が届いた。趣旨は、竟二さんの句友に、門札の文字を虚子に書いてもらった経緯について、詳しい事情を知っている人がいるとのことであった。そして、一枚の資料が添付されていた。

そこには、虚子没後に明るみに出た高浜基金の美談を伝えた朝日新聞（昭和三十四年四月九日）では、知ることのできない経緯が記されていた。「一度お会いしてその辺の事情を詳しく聞きたいものだ」と思いながらもその機会を窺《うかが》っていると、再び竟二さんから手紙が届いた。

どうやら竟二さんが、ホトトギスに掲載された私の「門札」と「門札以前」のコピーを本人に渡してくれたようであった。そして、手紙には二つの写生文に対するご本人の意見が添えられていた。私はそれを一読すると、「これは早めに会って真相を確かめておく必要があるな」と、遂に重い腰を上げることにした。

藤沢駅から江ノ電に乗り換え鎌倉駅に到着したのは、午後六時近くになっていた。駅前でタクシーを拾うと、教えられた通り「佐助稲荷へ入る交差点の所まで行って下さい」と運転手に地図を広げて見せた。

タクシーを降りた私は、一軒一軒の表札を覗き込みながら教えられた住所に近付いて行ったが、気が付くとどうやらすでに通り過ぎてしまっていたようであった。引き返しながらすれ違った年配の女性に尋ねると、その家は道から少し奥に入った所にあった。

門の前に立つとインターホンが目に入ったので、間を置きながら何回か押すと返事があった。名乗ると「どうぞお入り下さい」と声が掛かった。「失礼します」と言って、玄関を開けると、目の前に初対面の六本木彌太郎さんの姿があった。「どうぞお上がり下さい」と懇《ねんご》ろに迎えてくれたので、さっそく靴を脱いで上がると書斎に通された。本やら資料やら、ごった返している中で座る場所を決めかねていると、唯一の空間とも見えるソファーを勧められた。

六本木さんは、退職をされる前は小学校の校長先生をされていた方で、上野章子の娘・美子が御成小学校に入学した時の担任でもあった。

「竟二さんからお送りいただいた六本木さんのお書きになったものによりますと、美子さんは昭和二十六年度の一年生ですね」

「そうです。確か一年から三年までの担任でした。その資料にも書いておきましたが、昭和二十八年度には、弟の上野城太郎君や高木三夫君、後に上野泉君も一年生となりました」

「みな、虚子の孫ですね」

「そうです。そんなこともあって、虚子先生は恵まれない子の為にということで、毎年多額の寄付をされていました」

「そこで、当時の朝日新聞の記事の内容についてですが、ここには三浦校長が虚子の遺徳を偲ぶものを何とか残したいと考え、門札を書いて欲しいと希望したとありますが」

「それはおかしいですね」

「六本木さんは、それは上野章子さんの提案だったと書いていますね」

「そうです。章子さんから美子が小学校を卒業するにあたって、学校に何かしてあげたいが、何がいいかしらと私が相談を受けました」

「そこで、六本木さんは新しい校門の表札はどうでしょうか、字は虚子先生に書いていただいて、と提案なさった」

「そうです」

「しかし、凄《すご》いことを提案されましたね。よくぞ言ったと感心してしまいました。そうでなければ、虚子の門札は残らなかったかも知れません」

「その時は、ともかく形に残るものを何とかお願いしたいという気持ちでした」

「それから実際に原ノ台の虚子庵に揮毫《きごう》を頼みに行かれたことを資料に書かれていますね」

「そうです。話がとんとん拍子に決まって章子さん、美子さん、それに学校を代表して私が揮毫をお願いに行きました」

「それが、昭和三十一年の秋日和の日ですか」

「そうです。はっきり覚えています」

「資料には、鎌は大きく書けても、だんだん字が小さくなるので…とありますが、これはどういう場面なのでしょうか」

「実際、その場で虚子先生が半切《はんせつ》に書いている場面です。鎌倉市立御成小学校と半切に書いてもらうつもりでしたが、下に行くと字が小さくなってしまって、なかなか上手《うま》くまとめることができませんでした」

「年齢的にも体力や視力が大分落ちていたということでしょうか。そこで六本木さん達は、改めて一字一字を半紙に書いてもらって、それを後で繋ぎ合せればよいとお考えになられたわけですね」

「そうです。これがその時お願したのと同じ半紙です。予備ですが、探してみたらまだ残っていました」

そう言って、六本木さんは画仙紙を私の前に広げてみせた。紙はもう大分くすんでいたが、普通の半紙よりは一回り大きなもので、後ほど寸法を計らせてもらうと横二十八センチ、縦は四十センチ丁度《ちょうど》であった。

「一枚、頂戴してもよろしいでしょうか」

「どうぞ、差し上げます。それからしばらくして半紙一枚一枚に書かれた虚子先生の書が届きました」

「虚子の書を鎌倉彫にしたと資料にはありますが」

「御成商店街の鎌倉彫の広田さんが、父母の会の役員をしていましたので、そちらにお願いしました。その時、虚子先生の字を拡大して揃えました」

「御成小学校の資料室に小学校と中学校の門札が並んで展示されていましたが、字がほとんど同じに見えたのは、そのためですか」

「中学校の中の字と小学校の小の字だけが別です。虚子のサインは分かりましたか」

「サインがあるのですか。気が付きませんでした」

「正面にはありませんが、板の横の上の方に虚子書と彫ってあります。ただし、小学校の方は、一度表面を削った時に、大工《だいく》が誤ってサインを削ってしまったようです」

「今度また行く機会がありましたら、虚子のサインを確かめてみたいと思います。それと、これは六本木さんにお叱《しか》りを受けた中学校の門札が盗難に遭ったという話ですが…」

「あれは、とんでもないデマです。私自身があなたの文章を読んでびっくりしてしまいました。鎌倉文学館の学芸員がそんなことを来館者に言うなんて」

「そうしますと、私が御成小学校の資料室で見た門札は、二つとも本物ということになりますね」

「そうです。二つとも本物です。レプリカは、現在の校門にあるものだけです」

「文学館で出している鎌倉文学散歩という本の中に、中学校の門札が取り外された痕跡の残る校門の写真がありますが、それを見るといかにも痛々しい。そこで、誰かが盗まれたのではないか、と言えばそのように思えてしまいます」

「新しく中学が別の場所にできたので、単に取り外して持って行っただけのことです。盗まれてなんかいやしません」

「寿福寺の森田愛子の墓の前で、これが虚子の愛人の墓です、というようなものですね。そちらの方が話としては断然おもしろい」

「あれも事実に反する困った話です」

「いずれにしましても、私も盗難説を簡単に信じてしまいましたので、反省したいと思います」

「その辺の事情を知っているのは、もう私一人になってしまいましたので、正しいことを伝えておかなければなりません。現在、『春潮』を主宰されている美子先生も当時はまだ子供で、聞いても余り覚えていないとおっしゃいますので」

「それと、六本木さんにもう一つ確認しておきたいことは、半紙に書かれた虚子の書が、その後どうなってしまったのか、ということです」

「それは、竟二さんにもお話ししましたが、猫がお産に使ってしまったとのことです」

「そこが、私には理解できませんでした。章子さんや美子さんが、虚子の大事な書を猫のお産に使うなんて、とても信じられません」

「いや、そうではないのです。猫が勝手に持ち出して使ってしまったのです」

「猫に盗まれたわけですか。そして、その上に子猫を産んでしまった」

「そういうことです」

「なるほど、そういうことでしたか。それにしても、猫の目の付くところに置いておくとは…。まさか、猫が盗むとは夢にも思わなかった。イヤー惜しいことをしました」

「ただ、虚子先生は何枚も書いたと聞いていますので、それがどこかに残っていないとも限りません」

「今までのお話を聞いて、門札の経緯がよく理解できました」

　六本木さんとは、その後も話を続けたが、当時の様子をつぶさに聞くことができたのは幸いであった。昭和二年生まれの六本木さんが、上野美子の担任の時は、まだ結婚前で旧姓は

33年ぶり並び立つ

鎌倉

御成小、中学校の両門札

高浜虚子の直筆

俳人高浜虚子（一八七四～一九五九年）の直筆で、鎌倉市立御成小学校と同市立御成中学校に掲げられていた二つの門札がこのほど、三十三年ぶりに同小展示コーナーに並んで展示された。両校はかつて同じ敷地にあり、冠木（かぶき）門に向かって左側に小学校、右側に中学校の門札があった。中学側が虚子の遺族に保存のあり方を相談したところ、「以前のように並んで展示できれば」との希望もあり、二つの門札は〝再会〟した。

33年ぶりに並んだ高浜虚子直筆の御成小と御成中の門札＝鎌倉市立御成小

二つの門札はほぼ同じ大きさで、長さは二・四五㍍。虚子の孫美子さんが御成小を卒業する際、美子さんの母親で虚子の六女章子さんが、美子さんを三年間受け持ち、虚子とも交友のあった担任教師に「記念に何かお礼を」と申し出、作ったものだ。虚子は半紙一枚一枚に校名を一字ずつ書き、これを拡大して鎌倉彫の工芸家が彫った。虚子が他界する二年前の一九五七年に、門札は完成した。

門札は十年間、並んで掲示されたが、御成中が六七年、笹目町の現在地への移転とともに外され、同中の室内に保管されたままに。御成小も昨年、新校舎となり、傷みの激しい虚子の門札を戸外に置くわけにもいかず、別の門札を新調した。

御成中の北村智生校長は、今後の保管について、虚子の五女高木晴子さんに相談。「父の書いた門札が並んであったところは、とてももうれしかった。また一緒に保管してもらえれば」との晴子さんの意見を尊重、同中の門札を御成小に移した。こうして二つの門札は御成小資料コーナーに並んで展示された。

遺族らの希望で〝再会〟

門札の今を伝える神奈川新聞の記事（平成12年3月6日）

齋藤であった。俳句は上野泰、章子夫妻に学び、そして今は教え子の、すなわち『春潮』主宰・松田美子氏に師事されているとのことであった。

六本木さんに頂戴した資料の中に『春潮』平成十五年一月号があった。その中に「鎌倉の文化財」と題する六本木さんの一文が掲載されていた。帰りの電車の中でその記事を読みながら、改めて鎌倉の文化財として取り上げられるまでになった虚子の門札のことを後輩達にも伝えていかなければならないとの思いを強くしたのであった。

（平成十九年一月二十八日）

由比ケ浜

浪音の由比ケ浜より初電車

この句は、大正十五年に詠まれたもので、現在、鎌倉の旧虚子庵の江ノ電踏切近くに句碑として残されている。昭和六十二年に鎌倉文学館で開催された高浜虚子展の際に作成された図録によると、現在の場所には、大正六年九月に移り住んだようだ。それも、最初に住んだ家をそのまま江ノ電の軌道越しに移したとある。

虚子一家が鎌倉に転居したのは、明治四十三年十二月の事で、現在の場所からも近い江ノ電の南側にあったようだ。この作品は、由比ガ浜の浪音の聞こえるこの場所で、当時家の前にあった駅から初電車に虚子が乗ったものと解釈してもよいと思われた。

「今でも由比ガ浜の浪音は聞こえるのであろうか」

私は句碑を見つめながら耳を澄ませたが、聞こえるのは寒禽《かんきん》の声ばかりであった。由比ガ浜は、当時の虚子の散歩コースで、写生文にも度々登場する。「鎌倉生活」、「秋の浜の犬」、「浪打際の蟷螂」など、明治時代から多くの作品の舞台となっていた。


南風の吹く日、由比ケ浜の浪音は高い。余が鎌倉に移り住みてから早や四ケ月になる。此《こ》の四ケ月の鎌倉住居に於《お》いて尤《もっと》も多くの印象を余の頭に残すものは此の浪音である。ふと夜中などに眼を覚すと天地を撼《うご》かすやうな音がして居る事がある。

これは、ホトトギス明治四十四年四月号に付録小説として掲載された「由比ケ浜」の書き出しであるが、当時はやはり浪音がよく聞こえていたようだ。

「ともかく一度、虚子に付き従うような心持で由比ガ浜まで歩いてみよう」

そう決めた私は、虚子庵横の踏切を渡るとそのまま進んで行った。が、すぐに袋小路《ふくろこうじ》に入ってしまった。どこかに抜け道があると思い、家と家の間をいくつか覗いてみたが、それらしい道は見つからなかった。

私は引き返しながら別の路地に入ってみた。しばらく進むと路地は左右に分かれたが、どちらを選んでもまた迷いそうな気がした。それでも勘で左に行こうとすると、ウエットスーツを着た青年が自転車を漕ぎながら近付いて来た。声を掛けようと思う間もなく、猛スピードで私の前を通り過ぎてしまった。

「多分、彼の行く方向に海があるに違いない」

そう思い、私は改めて右の道を選び直した。

「随分、遠回りをさせられているのではないか」

そんな不安な気持ちになりながら踏切の鳴る音に近付いて行くと、そこは由比ケ浜駅であった。

「最初からここに来れば、海まで続く表通りがあって、そう

由比ガ浜

迷うこともなく着けたであろうに…」

そうも考えたが、鎌倉には大型車が入って来られないような裏道が多く残されていて、そこには表通りとは別の落ち着いた空間があった。私は、最初から路地を気ままに歩くつもりで鎌倉に来れば、それもまた楽しいであろうと思い直し、由比ガ浜への道を歩きはじめた。

この日の由比ガ浜は、重そうな冬雲が沖から伸びて来ていたが、波音は低く、多くのサーファーが海原に散らばっていた。信号が青になったので、ドイツ料理・シーキャッスルの所から国道を渡ると、そこは波打際まで七十メートル程の砂浜が広がっていた。

虚子がよく散歩したこの海に注ぐ滑川《なめりがわ》は、六百メートル程東にあったが、私はその場所でしばらく海を眺めていた。すると、一匹の赤毛の痩せた犬が私の前を横切って行った。私の視線は犬を追いかけはじめたが、犬もそれに気付いたようで、立ち止まって私の方を振り向いた。首輪らしいものが見えたので、どうやら飼犬のようであった。

虚子はよく犬を写生文に使っているが、今でも私の記憶に残っているものは、明治四十四年に国民新聞に発表した「鎌倉生活」に登場する小僧という名の犬であった。

翌朝余は小僧を連れて又赤潮を見に海岸へ出た。（中略）白に黒の班があつて耳は垂れてゐるが半分は日本種の交つたやうな犬である。其後《そのご》別に名もつかず今はもう殆《ほとん》ど一人前の犬になつたが其でも小僧々々で通つてゐる。

この小僧が虚子の目の前で大きな二匹の犬に追われ、小僧は海に逃げ込むのであるが、二匹の犬はなおも執拗《しつよう》に波打際で小僧の帰路を断ち恐ろしい声で吠えていた。最初は静観していた虚子も小僧が波に揉まれながら悲鳴を上げるのを見て、遂に立ち上がり、ステッキを持って小僧の救出に向かうのであった。

余は何事も忘れて海中に突進んで行った。凡《およ》そ腰迄の深さと思つてからげた着物はもう波に浸つてゐた。漸《ようや》く彼の猛犬に近づいた時、先づ右手にある彼の黒犬を骨も砕けと打つた。二打三打で黒犬は陸地をさして退去した。其《そ》れを見送る遑《いとま》も無く、今度は左手に歯をむいてゐる赤毛の犬を打つた。

こうして、浜の群衆の目を釘付けにした虚子は、無事小僧を救出すると興奮冷めやらぬまま急いで家に戻ったのであった。

先程から私の方を窺っていた赤毛の犬は、近付いて来るでもなく、しばらく周辺を嗅ぎ回っていたが、いつしか視界から消えてしまっていた。私は由比ガ浜の波音を聞きながら、この浜を犬と散歩する虚子の姿を想像していた。

（平成十八年十一月二十六日）

（注）「鎌倉生活」は改造社版『高浜虚子全集』第二巻に収録。

鈴木療養所

江ノ電の鎌倉駅で電車を待っていると、横長の大きな看板が目に入った。それは、寿福寺の森田愛子の墓を詣でたあとの私の心に、「もしや？」との期待を抱かせるものであった。電車に乗った私は、由比ケ浜駅で下車すると鎌倉文学館に向かった。文学館では、平成十七年十月から十二月にかけて、「文学都市かまくら１００人展」が開催されていたが、その後も引き続き物故者の写真を拡大したフラッグを庭のあちこちにそのまま残していた。虚子はもちろんのこと漱石や子規、さらにその中には吉野秀雄の名があった。私は館内に入ると、さっそく100人展の図録を買い求めた。

私の愛読書に『虚子俳話』があるが、その中に「歌の調べ」と題する一章がある。

歌よみの吉野秀雄氏は「歌よみのひとりごと」と題して二月八日の東京新聞に文章を発表してゐる。そのほんの一部分を掲載する。（中略）私はこゝにたゞ吉野氏の言を引いてみただけである。

虚子宛の手紙の引用は、『虚子俳話』の中でも時々見かけるが、他人の文章、それも歌人の言葉をそのまま引用して俳話としたものは極めて珍しいことと思い、それ以来、吉野秀雄の名を記憶していたのであった。

「こんなところにいたのか」との思いで、百八ページをめくると、丸い眼鏡をかけた柔和な写真が目に入った。吉野秀雄は群馬県出身の歌人で正岡子規をはじめアララギ派の短歌に親しみ、会津八一に私淑《ししゅく》して歌を始めた。また、生涯の大半を療養の床に過ごしたことなどが分かった。その中で私が最も興味を持った内容は、「大正十四年七里ガ浜に転地療養」との記述である。

虚子の有名な小説『虹』の主人公、伊藤柏翠《はくすい》と森田愛子は、当時国民病と言われていた肺結核を患《わずら》っていたが、二人の出会いの場は、七里ガ浜の鈴木療養所であった。生前、柏翠さんから礼状とともに直接お送りいただいた『伊藤柏翠自伝』には、この鈴木療養所のことがよく出てくるが、院長の鈴木孝之助のお蔭で柏翠さんは昭和四年の秋から昭和二十年の春まで足掛け十七年の療養所生活を続けることができたのであった。

私は図録の百八ページを開いたまま学芸員の若い女性に尋ねてみた。

「ここに、七里ガ浜に転地療養とありますが、鈴木療養所のことでしょうか」

「ええ、確かに療養所があったということは聞いていますが…」

「その後、鈴木療養所はどうなってしまったのか、それにできれば現在の住所を知りたいのですが…。実はここに来る途中、江ノ電の鎌倉駅のホームで鈴木病院の大きな看板を見ました。もしやそれがかつての鈴木療養所ではないかと、住所は鎌倉市腰越で、江ノ電鎌倉高校前下車徒歩一分とありました」

「そこまで分かっていれば、あとはインターネットで調べてみましょう」

しばらく待つと、「やはりそのようです」と言って彼女が戻って来た。手渡された資料を見ると、それは鈴木病院の沿革であった。創始者は、柏翠自伝にも度々登場する鈴木孝之助で、資料には「初めて患者を迎えた明治四十四年四月一日を開所の日とした」とあり、当時としては理想的な開放病棟形式の療養所で、西欧のサナトリウムを模したものとあった。

私は彼女に礼を言うと、文学館を後にした。帰りは江ノ電で藤沢駅まで出る予定であったが、立ち寄ってもそう時間は掛からないだろうと思い、途中下車した。鎌倉高校前駅は、由比ケ浜駅から数えて五つ目、目の前を国道134号線が走り、その少し先には冬の荒波が打ち寄せていた。恐らく江ノ電の中では最も海に近い駅なのであろう。

鈴木病院　かつての鈴木療養所

また、駅の裏は急傾斜地で段々の墓地が頂まで続いていた。駅が墓所を背負っている光景には、何か異様な感じを受けたが、潮の匂いを間近に江の島が望める環境は、ここに眠る人々にとって、申し分のないようにも思えた。

駅の改札口にも鈴木病院の小さな看板があったが、私は矢印で示された方向に歩を進めた。鈴木病院は、駅を出て坂を上りはじめたすぐの所にあった。鈴木療養所が鈴木病院に名称を改めたのは、創立五十周年を迎えた昭和三十六年のことで、現在は一般病院になっていた。

私は、さっそく中に入ると受付で尋ねてみた。

「ここが昔の鈴木療養所と聞いて立ち寄ってみたのですが、何かその当時を偲べるようなものはありませんでしょうか」

「特別なものはありませんが、この廊下を進んでいただきますと、壁に古い写真が展示してあります」

「見せていただいてもよろしいですか」

「はい、どうぞ」

「それに、看板にありました鈴木信吾院長は何代目になりますか」

「ひ孫ですから四代目になります」

私は廊下の壁伝いに鈴木病院の沿革を追った。そして、柏翠さんが自伝の中で「僕の家《うち》」と言いながら六畳一間に十七年間過ごした療養所の生活に思いを馳せた。

（平成十八年十二月十七日）

大佛茶廊

鎌倉寿福寺の虚子の墓の近くに大佛《おさらぎ》次郎の墓がある。それは、虚子の墓を正面に矢倉に沿って左手二十メートル程の所にあるが、虚子の墓のように矢倉の中ではなく、外の目に付きやすい所にあった。私は、次郎の墓の前に立つと、虚子の墓の手桶の水を次郎の墓の花器に注いだ。

大佛次郎に「彼岸入り」という随筆がある。寿福寺の父母の墓参に来た次郎は、花生けの水を取り替えるのに、水を運ぶ手桶がないことに気付く。そこで、どこかの墓所で手桶を借りるつもりで行ってみると、正面に「虚子」と刻んだ墓石に出逢う。「なんだ、高浜さんか、それなら断りなしに手桶を拝借できる」。短い随筆ではあるが、それは次郎と生前の虚子との仲を想像させる内容のものであった。

私が大佛次郎の名を鮮明に記憶したのは、『虚子俳話』の序であった。「終戦になった昭和二十年頃だつたかと思ふ。まだ小諸の疎開地にをつた頃、膝を容るゝに足る茅屋に大佛次郎氏が突然訪ねて来た」から始まっているが、そこで虚子は次郎から朝日新聞の俳句の選を依頼されたのであった。

私は最初、大佛を文字通り「ダイブツ」と発音していたが、その後「オサラギ」と読むことを知ったのであった。何で大佛をオサラギと読むのか、今でもよく解らないが、その時は変った名字だと思い、そのまま記憶していたのであった。

鎌倉文学館で平成十七年に開催された「文学都市かまくら100人展」の図録の中にも大佛次郎の名がある。本名は野尻清彦、小説家で「筆名は長谷の大仏裏に住んだことに由来する」とあり、「大仏を太郎とし、自らは次郎と謙遜し、大佛次郎という筆名にした」との記述があった。

子供の頃、漫画で見た記憶のある鞍馬天狗の原作者が、実は大佛次郎であったこともこの時はじめて知ったことであった。また、図録には鎌倉雪ノ下の大佛茶亭の写真が掲載されていたが、雪ノ下は鶴岡八幡宮辺りの地名で、観光マップにも「大佛次郎邸跡」の記載があった。

寿福寺を後にした私は、横須賀線の踏切を渡ると鶴岡八幡宮の前まで来た。そして、八幡宮を背に若宮大路からコンビニ・スリーエフの所を左折して少し行くと、二股に分かれた路地の前に出た。そこには、金田内科医院の案内板が掲げられていたが、その下の塀の角に猫のロゴマークの入った「大佛茶廊《さろう》」の小さな表札があることに気付いた。恐らくこの路地で囲まれた広い敷地が大佛茶廊、すなわち地図に示された大佛次郎邸跡のようであった。

この塀のどこかに入口があるに違いないと思い、そのまま塀に沿って進むと、果たして先ほどと同じ猫のロゴマークの入った「大佛茶廊」の表札が目に入った。さらに、右の門柱には漢字で「野尻」、そして少し離れた塀の所には平仮名で「おさらぎ」と、それぞれ表札が掲げられていた。

大佛茶廊の入口

門が開いていたので中を覗いてみたが、テーブルの置かれた庭には、どうやら客は一人もいないようであった。私はそのまま門をくぐり玄関に入ると声を掛けてみた。すると、若い和服姿の女性が現れた。

「営業はしておりますか」

「はい」

「それでは、コーヒーを一杯頂戴しましょう」

「家の中にされますか。それとも庭にされますか」

「選べるのでしたら、庭で頂戴したいですね」

「どうぞ、お好きな席でお待ち下さい」

玄関に置いてあった大佛茶廊の名刺には、「土日祝日の正午前より日没まで」と営業日時の記載があり、私の訪ねた平成十九年一月十三日は土曜日であった。

枯芝には二つのテーブルが置かれてあったが、そのうちの一つに陣取るとリュックを椅子に下ろした。敷地は三百坪以上あると思えたが、茅葺《かやぶき》の屋根が残されていることに感激してしまった。家の前には蔓だけの藤棚が広がり、左手には桜と思われる古木が枝を広げていた。塀沿いには、松が目立っていたが、足元に目をやると水仙が見頃を迎えていた。

「ここに大佛次郎が住んでいたのですか」

私はコーヒーを運んできた女性に話しかけた。

「いいえ、ここは別邸で主に客の接待に使っていました。元は東京の料亭の別荘だったものを大佛次郎が買い取ったと聞いています」

「それでは、どこに住んでいたのですか」

「この塀の前の家です」

「ああ、あの和洋折衷《せっちゅう》風の家ですか」

私は塀の上から覗いていた建物の方を向いて言った。

「ええ、今はもう人手に渡ってしまいましたが、家の外観は当時のままです」

「ここの門の表札が野尻となっていましたが」

「身内の方がここをお継ぎになっています」

「そうでしたか。茅葺の家なんて、この辺ではちょっと珍しいですね。維持管理が大変でしょう」

「その辺の事情までは、私にはよく分かりません」

「それは失礼いたしました。猫のロゴマークを見かけましたが、次郎は猫が好きだったようですね」

「はい。自宅は猫が多すぎて客の持て成しもできないということで、ここをよく使われていたようです」

「そうでしたか」

広い庭に一人、コーヒーをすすりながら窓の方を見ると、家の中にもう一人、年配の女性がいることに気付いた。どうやらこの家の住人のようであったが、顔の輪郭がどことなく写真で見た大佛次郎に似ているような気がした。

私は椅子から立ち上がり、リュックを背負うと玻璃越しの彼女に会釈をした。庭から鎌倉の空を見上げると、刷毛で刷《は》いたような白雲が冬日に輝いていた。私は、虚子の句を思い浮かべながら茶廊を後にした。

旗のごとなびく冬日をふと見たり

（平成十九年一月二十五日）

大佛次郎記念館

鎌倉雪ノ下の大佛茶廊を訪ねた私は、虚子と次郎の関係を少し調べてみたいと思い、午後から横浜の「港の見える丘公園」の敷地内にある大佛次郎記念館を訪ねてみた。アーチ形の屋根と赤レンガの外観は、人目に付きやすかったが、これが大佛次郎記念館であることを記憶に留《とど》めて帰る人は少ないのではないかと思われた。実は、この公園には十数年前に家族といっしょに来たことがあった。

「何だ、これが大佛次郎記念館だったのか」

私はそんな思いで、観覧料二百円を払うと閑散とした館内に入って行った。

虚子と次郎との接点は、最初、俳句にあるのではないかと考えていた私は、玻璃越しに展示された写真や資料などを見ながら先に進んだ。ふと短冊が目に入ったので文字を追うとそれは次郎のものであった。

　　窓ちさき越路の宿の梅雨に在り　次　郎

どうやら肉筆のようであったが、それは短冊の中央にバランスよく収まり、次郎の性格の几帳面さを窺わせる文字であった。短冊の横の添書には、「珍しく短冊に書き残した作品。

大佛次郎記念館

俳句は、一九四一年（昭和一六）頃からつくり、晩年まで親しんだ」とあった。

館内を一巡した私は、一階の受付に戻るとさっそく尋ねてみた。

「大佛次郎の俳句について、参考になる資料がありましたら閲覧《えつらん》させていただきたいのですが」

「次郎の俳句？ですか」

「はい、そうです。二階のギャラリーに次郎の短冊が飾ってありましたが、句集か何か残ってはいませんでしょうか」

「担当者を呼びますので少々お待ち下さい」

しばらくすると、中年の女性が現れた。

「二階に閲覧室がございますのでご案内します」

私は午前中に鎌倉の大佛茶廊を訪ねたことや先ほど見た次郎の俳句の話をしながら彼女に蹤《つ》いて行った。閲覧室には次郎の小説や随筆が書棚にあって、自由に手に取って見ることができたが、肝心の句集は見当らなかった。次郎の作品集の一覧にも目を通してみたが、それらしいものはやはりなかった。

彼女は、学芸員というわけでもなかったが、私の期待に応えようと倉庫の中から、いくつかの関係資料を探し出してくれた。その中に唯一、句集と名付けられたものがあった。それは、昭和三十三年に朝日新聞東京本社出版局俳句会の出した『戊戌《ぼじゅつ》集』であった。ざっと目を通してみたが、これはいわば同人句集で四十一名の作品が収録されていた。その中に「白梅」と題する十二句が、大佛不通の名で掲載されていたが、次郎は不通の号で出版局俳句会に参加していたようであった。

白梅に藁大屋根の厚みかな

白梅はこの一句だけであったが、その他にも情景描写に長《た》けた句が多く見受けられた。

惣門と山門花に分かれけり
冬菜青き畑の果てなり瑞泉寺
冬日和鞠が石段落ちて来る

同人の作品の後には、桜木俊晃氏による「出版局俳句会の思い出」が掲載されていたが、どうやら句会の指導者はなく第一回が昭和十八年九月十五日、最初は九名から徐々に会員を増やしていったようだ。そして、戦時中も句会は続けられ、「空襲は空襲、俳句は俳句で一向におかまいなく鎌倉の大佛次郎（俳号不通）氏に招かれて、半僧坊の花見句会を開いたこともある。その時は空襲で電車がおくれた」と桜木氏は記しているが、次郎が有力な句会のメンバーの一人であったことは確かなようだ。

時計を見ると、もう四時近くになっていたので、私は『戊戌集』の必要な個所のコピーを彼女に頼んだ。コピーを待つ間、閲覧室を見回すと、壁に掲げられた大佛茶廊の写真が目に入った。ここに来る前に訪ねたばかりだったので、すぐにそれと分かったが、その解説を読んで、改めて「あの婦人がやはりそうだったのか」との思いを強くしたのであった。

庭に大佛次郎遺愛のしだれ桜があるこの家は、今は大佛次郎の養女である野尻政子さん

（大佛次郎の長兄　野尻抱影の六女）の住居ですが、春秋の二回、土曜と日曜の二日間に限って一般に公開するので、その日は家の内部や庭を参観することが出来ます。

私が大佛茶廊を去る時に玻璃越しに会釈をした老婦人は、写真で見る大佛次郎に顔の輪郭が似ていたことから、恐らく身内の人であろうと思ったが、どうやら野尻政子さん本人であったようだ。

さらに、大佛次郎の略年譜に目を通すと、昭和二十一年・四十九歳の時に苦楽《くらく》社を創立し、雑誌「苦楽」を発刊したとある。ギャラリーで「苦楽」を見た時には、気付かなかったが、確か虚子の小説『虹』は、最初「苦楽」に掲載されたのではなかったか、そんなおぼろげな記憶が甦ってきた。

「これでよろしいでしょうか。枚数をご確認下さい」

「お手数をおかけして申し訳ありませんでした。壁に大佛茶廊の写真と解説がありますが、今でも野尻政子さんは、そこにお住まいですか」

「そのように聞いております」

「また、来週こちらに来る予定がありますので、今度は苦楽を閲覧させて下さい」

「苦楽でしたら全部揃っていると思いますので、またいつでもお出かけ下さい。余りお役にも立てず申し訳ありませんでした。引き続き次郎の俳句のことを調べまして、関係資料等が見つかりましたら、事前にファックスでお知らせします」

「そうしていただくと大変助かります」

私は彼女に礼を言うと、記念館を後にした。雲に隠れていた冬日が一瞬、見晴《みは》るかす横浜ベイブリッジに降り注いだが、その時私は虚子の句を口遊《くちずさ》んでいた。

大空の片隅にある冬日かな

（平成十九年三月二十五日）

苦楽

鎌倉市御成町の横須賀線の踏切近くに、游古洞《ゆうこどう》という古物と古書を兼ねた店がある。店の前の道路との狭い空間には、壺や絵画、皿などが所狭しと並べられ、道行く人がちょっと立ち止まってはまた流れてゆく、そんな光景がよく見られた。

游古洞

虚子を追いかけて時々鎌倉に来るようになってから、偶然見つけて入った古本屋も四軒になった。その中の一つ游古洞は、女性店主が一人で守る小さな店であったが、棚の一角を俳句関係の古書が占め、私はその中から虚子に関する文献を何冊か探し出したのであった。

「俳句に興味をお持ちですか」

「ええ、特に虚子に…」

「倉庫の中にまだ俳句関係の本がありますが、暇《ひま》をみて出しておきましょう」

「また鎌倉に来た時には寄らせていただきます」

店主は、平成六年頃に開店したと話していたが、鎌倉の古書店としては、どうやら新参のようであった。

私は、鎌倉駅近くの喫茶店に立ち寄ると、さっそく買い求めた古本を一冊、リュックから取り出した。それは、昭和二十二年十二月に苦楽《くらく》社から出版された虚子の小説集『虹』であった。収録されている作品は、「虹」の他に「愛居」「音楽は尚ほ続きをり」「桜に包まれて」

の四編であったが、このうち「虹」と「音楽は尚ほ続きをり」の初出が共に「苦楽」となっていたので、私は当時、そういう名の雑誌があったのであろうと考えた。

その後、横浜の「港が見える丘公園」の敷地内にある大佛次郎記念館を訪ねた折り、「苦楽」が次郎主宰の雑誌であること、昭和二十一年十一月の創刊から昭和二十四年九月の終刊まで、戦後の一時期を駆け抜けた文芸雑誌であったことなどを知ったのであった。

私は記念館を再び訪ねた折り、「苦楽」を中心に閲覧させてもらった。虚子の「虹」は、昭和二十二年一月号に、そして「音楽は尚ほ続きをり」は、昭和二十二年七月号に掲載されたものであった。

そして、さらに調べてみると、昭和二十三年三月号に「母の五十年忌」、同年七月の臨時別冊一号に「小説は尚ほ続きをり」と、虚子の二編の作品があることが分かった。

俳句も毎号のように掲載されており、虚子の作品こそ見当らなかったが、その多くがホトトギスで育った作家のものであった。

例えば、昭和二十二年二月号には、「時雨」と題する星野立子の作品十句、同年十月号には「嵐峡にて」と題する高浜年尾の作品十句が掲載されていた。それぞれ最初の一句を示す。

銀屏に今日はも心定まりぬ　立子

遊船に乗りて指しゆく大悲閣　年尾

「苦楽」を創刊から終刊までざっと眺めただけであったが、それなりの収穫があった。しかし、虚子がどうして「虹」を「苦楽」に発表したのか、その辺の事情までは残念ながら見えてこなかった。

私は以前、この記念館の益川さんからお送りいただいたファックスに記された参考文献の中に、「大佛次郎と『苦楽』の時代」と題する著書があることを思い出した。

私は、さっそく益川さんにこの著書の閲覧を申し出た。それは、平成四年に紅書房から出版されたものであったが、著者の須貝正義氏は、「苦楽」の生証人とも言うべき元編集人であった。

何か「虹」に関する記述はないかとページを繰っていくと、次の箇所に突き当った。

新年号の小説「虹」高濱虚子（伊東深水画）が話題になった。俳句界の巨峰虚子の小説は遠い遠い昔の話で（明治四十年「風流懺法《せんぽう》」、明治四十一年「俳諧師」）、虚子の小説執筆など、誰も思い浮ばなかった。「虚子さん、どうだろう」と云いだしたのは先生、「さあ、小説はどうでしょう。長い間書いてないから。」二の足を踏んだのは編集部。しかし先生は積極的だった。直接のお願いは勿論だが、虚子さんの次女、俳誌「風花」主宰の星野立子さんに手を廻したりして、やっと書いて頂いた。

文中の先生とは、勿論、大佛次郎のことであるが、虚子に白羽の矢を立てたのは、やはり次郎本人であった。

もし、次郎が積極的に勧めなければ、七十翁の虚子が果たして自ら世に問うような小説を書いたかどうか、恐らくその続編も含め、むずかしかったのではないかと思われた。

なお、文中、俳誌「風花」主宰の星野立子とあるが、「玉藻」の誤りであることは明らかである。他に、久米正雄（三汀）が激賞し、高見順が「日本の小説のよさをおもう」と褒めたことなどが記されていた。

「虚子に虹を書かせるきっかけを作ったのが大佛次郎だった」

私は、二人の接点の最も濃い部分が、やっと見えたような気がした。益川さんに資料のコピーをお願いすると、二階の廊下から正面にある半円形の冬日の残る窓を見つめた。

（平成十九年五月一日）

能舞台

「あれれ、棕櫚《しゅろ》がないや」

鎌倉の虚子庵の前を通る時はいつも見上げていた棕櫚が、折れてしまったのか、伐り倒されてしまったのか、五月の晴れた空から抜け落ちていた。

ただ、以前はノッポの棕櫚の傍《かたわ》らで余り目立たなかったもう一本の棕櫚が、垣根の上に瑞々《みずみず》しい葉を広げていた。

「これからは、この棕櫚の成長を見守ることにしよう」

私は心の中でそう呟《つぶや》くと、虚子庵の裏手の道を歩きはじめた。

かつて、鎌倉の大町の塔の辻という所に、虚子が思い立ち、同志十人ばかりと相談して造った鎌倉能舞台があった。現在の鎌倉能楽堂は、長谷寺の少し北にあって、こちらは昭和四十五年に観世流能楽師中森晶三が中心となって創設したもので、虚子の能舞台とは直接関係のないものであった。

虚子の能舞台のあった場所は、すでに調べがついていて、鎌倉文学館で昭和六十二年に開催された「高浜虚子展」の際に作成された図録によると、そこは現在の由比ガ浜一丁目十一の区画内で、虚子庵から徒歩で数分の所にあった。

虚子庵の裏手の道は、すぐに県道と交差したが、私はそのまま信号を渡ると、左右から家の迫る細い道を真っ直ぐに進んだ。

ホトトギス大正三年九月号に虚子は、「鎌倉能舞台の記」を残しているが、ここには鎌倉能舞台ができるまでの経緯と能楽への抱負が語られている。そして、大正三年七月二十六日に舞台開きを行うと、そのまま二十八日までの三日間、連続開催したのであった。その時の番組も掲載されているが、私のような素人目にもその意気込みが感じられるような内容のものであった。

能舞台のあった場所の住所はすでに分かっていたので、表札を頼りに行けば簡単に見つかるだろうと思っていたが、この道に面する家々の表札には住所がほとんど記されていなかった。

「誰かに聞くしかないな」

そう思いながらバナナの葉の目立つ庭の前を通り過ぎると、讃美歌を歌う声が聞こえて来た。立ち止まり右手を見ると鎌倉キリスト教会の集会案内の掲示板が目に入った。

私はさっそく教会の中に入ると、住所を尋ねてみた。

「ここは、由比ガ浜一丁目十一の二十一になります」

「ありがとうございます。実は、十一の十九という住所にかつて能舞台がありました。その場所を一度訪ねてみたいと思いまして来てみたのですが、すぐ近くのようですね」

「横の道を少し入った所に二軒ありますが、そのどちらかだと思います」

私は、教会の関係者と思われる女性に礼を言うと、二つの家を直接訪ねてみることにした。


その昔は歌舞音曲の巷《ちまた》であつて、殷賑《いんしん》を極めた土地であつたのでありませうが、能舞台のできた頃は、片側には家がありましたが、片側は畑でありまして淋しいところでありました。その畑の一隅を借りて、そこに能楽堂を造つたのでありました。


昭和二十三年に菁柿堂から出版された『虚子自伝』にも、このように鎌倉能舞台のことが語られているが、結局この能舞台は、大正十二年の震災で倒壊してしまい、十年近い活動に終止符を打たざるを得なくなってしまったのであった。

二軒のうち一軒は、玄関のブザーを押してみたが、応答がなかった。もう一軒には門があったので、そこのブザーを押してみたが、やはり留守のようであった。諦《あきら》めて帰ろうとしたが、庭に出ていた近所の男性を見かけたので声を掛けてみた。

「さあ、私もここに五十年住んでいますが、能舞台があったことは聞いていません。能舞台といえば、長谷のものしか知りません」

「何分、大正時代のことですから…。ところで、あの家にはそれぞれ同じ家系の人がずっとお住まいですか」

「ええ、以前は産婦人科でしたが、今はもうやめられました」

「産婦人科ですか、それでは間違いありません。ここに大正時代の一時期ですが、能舞台があった確かな証拠です」

私は少し興奮気味に言った。『虚子自伝』には引き続き次のようにあった。


地震のために倒壊してしまつて、すぐその後に婦人科の病院が建ち、やがてその周囲にも沢山家が建ち、一面に人家が立ち並んでしまひました。その時分は会員の多くが東京に移つたり、また死んだりしたために、その建物の維持にも多少困惑を感じてきたところでありましたので、その倒壊を幸にして、鎌倉能楽会はそれを最後として、無くなつてしまつたのでありました。

私は男性に礼を言うと、教会の讃美歌を五月の風に聞きながら元来た道を引き返した。

（平成十九年五月二十四日）

瑞泉寺（一）

鎌倉駅東口から少し行くと段葛《だんかずら》と呼ばれる鶴岡八幡宮への参道に出る。段葛の由来を刻んだ石碑から八幡宮までは一直線で躑躅《つつじ》の植込みに桜並木が続いていた。段葛の左右は車道で、車が引っ切り無しに通っていたが、私は左右の車道の喧騒《けんそう》に挟まれながら緑蔭の中を歩いて行った。

鶴岡八幡宮の隣は、横浜国大附属鎌倉小と中学校の広い敷地で、その近くには源頼朝《よりとも》の墓があった。白旗神社の下から続く四十段程の石段を上がると平地があって、木下闇《こしたやみ》に笠石を五枚積み重ねた石塔が見えてきた。

「これが、子規の訪ねた頼朝の墓か」

と思いながら、私は墓の前で息を整えた。

子規が初めて喀血《かっけつ》したのは、明治二十八年、記者として日清戦争に従軍した帰途の船中とばかり思っていたが、子規の略年譜によれば、明治二十一年・二十一歳の時に喀血したとある。その辺の事情を少し調べてみると、子規の青春の記録ともいうべき『筆まかせ』の明治二十一年のところに「鎌倉行」というのがあって、その中に喀血の事実が記されてあった。

鶴岡を拝み後の山にまはり、頼朝の墓より鎌倉宮にまはらんとせし頃は暴風暴雨にて寒きことも冬の如く感じけるが、余は忽ち一塊の鮮血を吐き出したり。

子規はこの時まだ東京の学生で、夏期休暇を利用して鎌倉を訪ねたが、運悪く嵐に遭遇してしまったのであった。

私の今日の目的地は瑞泉寺《ずいせんじ》であったが、頼朝の墓から鎌倉宮へ、子規の喀血した場所はこの辺りかと想像しながら歩いて行った。荏柄《えがら》神社を過ぎると鎌倉宮への道標が見えた。鎌倉の名所旧跡へは、少し離れた場所からも道標が設置されているので、方向だけ見当をつけて行けば大概《たいがい》は迷わなかった。

鎌倉宮まで来ると今度は瑞泉寺の道標があり、八五〇mと寺までの距離が記されてあった。鎌倉宮の緑に呑まれそうな脇道をさらに上り、狭く短い通玄橋を渡ると、ハイカーが急に増えていることに気付いた。山門のようなものが道に建っていたので地図で確認すると、それは瑞泉寺の総門であった。

総門をくぐると人だかりのしている店があったので覗いてみると、主が土鈴を振って見せていた。私は、ハイカーの一団が去ったのを見計《みはか》らって、主に声を掛けてみた。

「瑞泉寺の虚子の句碑は、どの辺にあるかご存知でしょうか」

「虚子の句なら、ここにありますよ」

主が手にした土鈴には、紅葉の絵と虚子の句が描かれていた。

「ええ、確かにこの句です。瑞泉寺にある筈ですが」

「以前は、境内の塔頭《たっちゅう》の所にありましたが、今は墓所の方に移したと聞いています。その後一度も行っていないので、はっきりした場所は分かりません。寺で聞いてみて下さい」

「ところで、この土鈴の絵と句はご主人が描いたものですか」

「一つ一つみな手描きです。ボケ防止ですよ。前は土鈴も自分で焼いていたのですが、さすがにこの年になると…今は外注です」

そう言うと主は、何も描かれていない真っ白な土鈴を箱の中から取り出して見せてくれた。

「帰りにまた寄らせていただきます」

私は手に取った土鈴を戻すと、寺に向かって歩きはじめた。

鎌倉には虚子の句碑が、少なくとも三基あることが分かっていた。一つは旧虚子庵踏切横にある─浪音の由比ケ浜より初電車─。二つ目は長谷観音にある─永き日のわれらが為めの観世音─。そして、三つ目は瑞泉寺にある─花の旅いつもの如く連立ちて─であった。

花の旅の句と永き日の句は、共に昭和二十七年作であるが、虚子の句日記を見ると、花の旅の句には次の詞書《ことばがき》があった。


はん女、亡き父母の比翼塚に彫まんとて句を乞へるに。

花の旅いつもの如く連れ立ちて

この句は、虚子が武原はんの父母のために詠んだものであったが、はん女も平成十年二月五日、九十五歳でこの世を去り、墓は両親の眠る瑞泉寺にあった。

瑞泉寺の山門への道は、二手に分かれていたが、私は敢《あ》えて左手の狭くて急な男坂を選んだ。一歩進めると近くで老鶯《ろうおう》の澄んだ声が聞こえた。

（平成十九年六月十七日）

（注）虚子句碑は他に鎌倉虚子立子記念館の庭に次の三基が確認されている。

鎌 倉 を 驚 か し た る 余 寒 あ り

白牡丹といふといへども紅ほのか

方 丈 に 今 届 き た る 新 茶 か な

瑞泉寺（二）

私は虚子の句碑を訪ねて瑞泉寺に来ていた。山門に立つと吉野秀雄の歌碑がすぐ目に入ったが、そこには―死をいとひ生をもおそれ人間のゆれ定まらぬこころ知るのみ―と刻まれていた。さらに、歌碑の裏には「吉野秀雄を敬愛するもろもろの人あひ集ひてこれを建つ。ときに昭和四十三年七月艸心忌」と記されていた。

秀雄は昭和四十二年に他界しているので、歌碑は翌年に建てられたものであった。

虚子との交友の濃淡は定かではないが、『虚子俳話』の「歌の調べ」と題する章は、秀雄の言葉をそのまま引用したものであった。また、秀雄は伊藤柏翠《はくすい》と同じ七里ガ浜の鈴木療養所にいたこともあって、生涯の大半を療養の床に過ごした歌人として知られていた。

私は歌碑の写真を何枚か撮ると、さっそく山門をくぐった。瑞泉寺の庭園は、岩庭と呼ばれる有名なものだったので、ちょっと覗いてみたが、池の水は淀み、滝も涸れてしまっていた。

「庭よりも虚子の句碑を見つけなければ…」

そう思った私は、境内を一巡すると墓所への入口から中に入った。が、視界が展《ひら》けてくると同時にびっくりしてしまった。そこには、千基とも思える程の墓が、山に囲まれた平地に低く林立していた。

ここで虚子の句碑を探すのは至難《しなん》と思われたが、写真で見た句碑の形を何となく覚えていたので、それらしき石碑を追ってみることにした。左前方に山肌を削った矢倉が見えたので、取り敢《あ》えずその辺りから探しはじめることにした。

瑞泉寺に来たのは、虚子の句碑を確認するためであったが、できれば吉野秀雄と久米正雄の墓も訪ねてみたいと思っていた。

『虚子俳話』の近詠三句の中に、虚子が瑞泉寺で詠んだ作品がある。

三汀の墓は質素や水仙花

冬山を背負ひたること贅沢な

境内は憩ふところに水仙花

最初、句に詠まれた三汀《さんてい》が誰のことなのか分からなかったが、調べてみるとそれは、小説家・久米正雄の俳号であった。俳句は河東碧梧桐《へきごとう》の門下であったが、時に虚子と句座をともにすることもあったようだ。

虚子は、ホトトギス昭和二十七年六月号に「懐かしい友人」と題して、三汀の追悼文を掲載しているが、「二人の交友は厚からんとして薄く懇《ねんご》ろならんとして疎《うと》き関係にあった」と記している。虚子から見れば、親しい友ではなかったが、記憶に残る人という意味で追悼文を書いたものと思われた。

矢倉の近くまで来ると、同じ山肌に沿った少し先に、虚子の句碑らしい形の石碑が見えて来た。さらに近付くと、果たしてそれは虚子の句碑であった。

花の旅いつもの如く連立ちて

すぐに見つけ出した自分の勘の冴えに感心しながら正面から写真を撮ると、今度は句碑の裏側に回ってみた。そこには何やら多くの文字が刻まれていたが、最後に大佛次郎撰とあった。撰《せん》には詩文を作るという意味があるので、どうやらこれは次郎の文のようであった。

「表が虚子の句で裏が次郎の文とは、贅沢な句碑だなあ」

そう思いながら文字を追ってみたが、句碑の置かれた場所の暗さと老朽化で、全部の文字を判読することはできなかった。しかし、「八十六の齢までみまかりけるに仕へし妻初七日に病を得て次の七日にあとを追ひぬ」という部分は、はっきりと読めた。これは、武原はんの両親の死の経過について記したもので、はんの父が八十六歳で亡くなったあと、母もその十四日後に亡くなったとの意味であった。

右：虚子句碑　左：武原家の墓
—花の旅いつもの如く連立ちて—

舞踏家・武原はんは、虚子の俳句の門下であったが、はんと次郎の関係については定かでなかった。

「昭和廿七年三月彼岸中日　武原はん建之」

そこまで確認すると、私は句碑の横の墓に目を移した。

そこには、「武原家先祖代々墓」とあった。墓に向かって右の側面には両親の戒名、左の側面には「平成十年二月五日　俗名幸子　行年九十五才　天舞院殿地踊至達究盡大法尼」とあり、これは、武原はん自身の戒名であった。

私は墓に手向ける花を持参してこなかったが、記憶していたはん女（俳号）の一句を心の中で手向けた。

うちは持て立ちし姿の涼しさよ

再び広い墓所を見渡すと、さっきまで勢いよく鳴いていた老鶯の声が消えていた。

（平成十九年七月二十八日）

（注）句碑は「連立ちて」、句日記には「連れ立ちて」と送り仮名「れ」が入っている。

瑞泉寺（三）

虚子の句碑と武原はんの墓を詣でた私は、次に歌人・吉野秀雄と小説家・久米正雄の墓を見つけるべく、広い墓所を巡っていた。

伊豆の修善寺に川端龍子《りゅうし》と茅舎《ぼうしゃ》の墓を訪ねた時は、案内板がしっかり出ていたので、広くとも迷わずに見つけることができた。しかし、ここ瑞泉寺には、それらしきものが何もなく、やはり寺で確認してから墓所に入るのが賢明《けんめい》と思われた。

汗だくの状態で小屋の片陰《かたかげ》に入ると、背中に汗のシャツが張り付くのが分かった。一旦《いったん》、寺に戻ることを考えながら休んでいると、小屋に中年の女性が入るのが見えた。近付いて見ると、彼女は何か操作盤のようなもののスイッチを押していた。

「失礼します。実は、吉野秀雄と久米正雄の墓を探しているのですが、もし場所が分かりましたら教えていただきたいのですが…」

「失礼ですが、どちら様ですか」

「はい。二人の文学に多少興味がありまして、静岡から訪ねて参りました。瑞泉寺の方ですか」

「そうですが…」

「それは失礼いたしました」

「吉野秀雄先生の墓は、正面の矢倉の右手方向にあります」

「あの辺りで虚子の句碑を見ましたが…」

「その近くにあります。句碑の左手方向です。小さい墓ですから、ちょっと見つけにくいかも知れません。ただ、久米正雄先生の墓は、ここにはありません」

「どこにあるのですか」

「寺の裏山にありまして、関係者以外の方はそこには入れません」

「新しい墓が多いようですが、ここの墓所はいつ頃できたものですか」

「昭和三十年頃だったと思いますが、元々は畑だったところです」

「久米正雄は確か昭和二十七年に亡くなっていますから、ここには無いわけですね」

「そうです。その頃は檀家もありませんでした」

「もう一つお聞きしてもよろしいでしょうか」

「どうぞ」

「虚子の句碑は、移転して今の所にあると聞いていますが…」

「はい。元は境内の塔頭《たっちゅう》の所にありましたが、事情がありましてこちらに移しました」

「どのような事情があったのでしょうか」

「それはちょっと、ここでは申し上げられません」

「お忙しいところをありがとうございました。取り敢《あ》えず吉野秀雄の墓を確認しましたら、寺の方に寄らせていただきます」

私は寺の内儀に礼を言うと、さっそく教えられた方向へ歩きはじめたが、次第に小屋の中のポンプの音が気になりはじめていた。

秀雄の墓は、句碑の左手の岩肌の縁の途切れた所にあったが、一メートル程の細い石柱で質素なものであった。そこは崖下の湿気の多い場所で、常盤木《ときわぎ》落葉の吹き溜りになっていた。供花もなく水もなく、辺りは寂寞《せきばく》とした感じであったが、私は墓に手を合わせると、台座に積った落葉を除《よ》けながら、しばらくその場で涼《りょう》をとった。

墓を後にした私は、小屋の横の坂道を上り境内に入ると、今にも辺りの緑に埋もれそうな塔頭があることに気付いた。それは、簡単に跨《また》げそうな柵で囲まれていたが、句碑を置くには十分な広さであった。そして、句碑が建てられた昭和二十七年当時は、現在の広い墓所はまだなく、ここは境内の中でも最も好まし場所のように思われた。

塔頭の写真を何枚か撮った後、寺の玄関から奥に声を掛けてみた。すると、内儀がすぐに出てきてくれた。

「先程は失礼いたしました。お蔭様で吉野秀雄の墓に詣でることができました。そこでお願いですが、何とか久米正雄の墓を見せてはいただけないでしょうか」

「お身内の方の紹介があればお見せできますが、そうでないと…」

「余り無理なことは申しませんが、実は虚子が―三汀の墓は質素や水仙花―という句を作っています。三汀は久米の俳号ですが、墓の特徴というか、どんな感じでしょうか」

「そうですネー、質素というよりも…」

「吉野秀雄の墓に比べてどうでしょうか」

「それよりは大きいですよ。台座を入れると、私の背丈くらいはあると思いますが…」

「当時、虚子の目にはきっと質素に見えたのでしょう。今日はこれで失礼させていただきますが、また機会がありましたら、今度は身内の方の了解を得てから来させていただきます」

私は玄関を出ると再び寺の裏側に回ってみた。すると、二時間程前はすっかり涸れていた滝から滔々《とうとう》と水が落ちていた。その滝の上を鳴き声とともに老鶯が渡って行くのが見えた。


（平成十九年八月二十六日）

土鈴

瑞泉寺を後にした私は、総門近くにある土鈴の店に再び顔を出した。

「虚子の句碑は見つかりましたか」

「ええ、お蔭様ですぐに見つかりました」

　主は絵付の手を止めながら笑顔で迎えてくれた。

「寺の内儀と少し話をしましたが、ご主人のおっしゃるように、最初は庭の塔頭の所にあったとのことです。今は、武原はんの両親の墓の横に移されていました」

「句碑が建てられた頃は無断で拓本を取ったり、辺りを汚したりで寺も困っていたようです」

「そうでしたか。内儀は遠慮して理由までは話してくれませんでしたが、まあ、もともと虚子の句碑は、武原はんの亡き父母のために建てられたものですから、これでよいのでしょう」

かつての土鈴の店

「私もまだ移設後の句碑を見ていませんから、久しぶりに出かけてみますか」

「句碑の裏に大佛次郎の言葉が彫られていましたが、何か関係があったのでしょうか」

「さあ、詳しいことは知りませんが、武原はんの両親と大佛次郎は近くに住んでいたようです」

「もしや、それは鶴岡八幡宮の近くにある大佛茶廊ではないでしょうか。あそこは確か、元は料亭の別荘だった所で、後に次郎が買い取ったと聞いています」


私は、武原はんが九十三歳の時にまとめた『武原はん一代』の中の虚子に関する記述に目を通していたが、他に阿波から引き取る両親のために、はんが家さがしをした話などが、記憶に残っていた。そして、昭和二十五年頃のものとして、両親といっしょに撮った写真が掲載されていたが、その場所が確か鎌倉の「なだ万」の別荘であった。

私は、次郎の養女・野尻政子さんの住んでいる大佛茶廊を再び訪ねてみたいと、その時にわかに思った。そして、土鈴の一つを手に取ると、そこに描かれた文字を目で追った。

花の旅いつもの如く連れ立ちて

「もう四十年近くやっていますが、それが一番よくでます」

「虚子の句もいいですが、この紅葉の絵がいいですね」

「絵なら他にも…」

主はそう言うと、水仙、梅、椿、桔梗と巧みに描かれた土鈴を見せてくれた。

「みな瑞泉寺に咲く花ですが、虚子の句に添えさせてもらっています」

「記念に一ついただいて帰りましょう」

「どの音にされますか」

そう言うと主は、一つ一つを振ってその響きを聞かせてくれた。絵が違うだけで大きさも形も同じ土鈴であったが、音の高低に多少の違いがあるように思われた。

「なるほど」

と頷《うなづ》くと、

「やわらかい音とかたい音とがあります」

と主が応えた。

私は絵で選ぶことをやめて、もっとも硬い音を立てた土鈴を選んだ。主に別れを告げ総門をくぐると、さっそくリュックの中の土鈴が鳴った。


（平成十九年九月十六日）

（注一）句碑は「連立ちて」、土鈴の方は「連れ立ちて」と送り仮名「れ」が入っている。
（注二）その後、土鈴の店は閉店した。

はんと次郎（一）

瑞泉寺にある虚子の句碑―花の旅いつもの如く連立ちて―は、武原はんの亡き父母の比翼塚として建てられたものであった。その碑陰《ひいん》には、意外にも大佛次郎の詩文が刻まれていた。

虚子とはん、あるいは虚子と次郎の関係は、これまでの調査で朧げながらも見えていたが、次郎とはんの関係については、今後の調査に俟《ま》たなければならなかった。

鎌倉から静岡に帰ると、私はさっそく県立図書館に行き、平成八年に求龍堂から出版された『武原はん一代』を借りた。

目次を見ると、随筆、俳句、年表の他に「武原はん讃」として、高浜虚子、里見弴、大佛次郎、永井龍男、芝木好子、瀬戸内寂聴の短い文章が掲載されていた。

虚子の一文は「おはんさん」と題するもので、武原はんが、新橋や赤坂の芸者等によって組織されている二百二十日会という俳句会のメンバーであったことや、大阪では十代ですでに有名な芸子であったが、いつの間にか東京に出て来て、今は新橋のなだ万の支配人兼踊の師匠という大きな存在になっていることなどが記されていた。
次に、次郎の一文は「花あちこち」と題するもので、最後の場面ではんが登場する。

　前に花にめぐり会った時は、女たちが連れだったが、地唄舞の武原はんがひとりだけ遅れて花の下に残っていた。句でも作っているのかと、急がせに戻ると顔が濡れていた。あまりきれいなもので、と涙声で極悪《きまりわる》そうに言いわけした。たしかに、きよらかで臈《ろう》たけたもので心静かな感動を呼んだ。風のない春の一日の夕方であった。

引き続き、はんの略歴に目を通してみたが、昭和二十五年・四十七歳の欄に目が止まった。

　鎌倉市雪の下「なだ万」の別荘を借家し、両親を住まわせる。向いに住む作家大佛次郎を知る。

大佛次郎は猫好きで、自宅が猫屋敷の様相を呈《てい》していたことから、接客に自宅の前の料亭の別荘をよく利用していたことは、すでに承知していたが、その料亭が「なだ万」であることを初めて知ったのであった。

また、収録されている武原はんの随筆の多くが、ホトトギスの山会で発表された写生文であることも分かった。その中の「老父母」は、ホトトギス昭和二十七年五月号に掲載されたもので、阿波から両親を引き取り、なだ万の別荘を借りて住まわせてから後のことを書いたものであった。

そこには、両親の金婚式とその死について細かく記されていたが、本の中には昭和二十五年当時のなだ万別荘で両親といっしょに撮った写真が掲載されていた。それは、白い靴脱ぎ石に足を置き、縁側を兼ねた廊下に腰を下しているもので、それはどこかで見たことのある情景であった。

虚子句碑の碑陰に刻まれた次郎の詩文は、はんの両親の死について、その間の事情を簡潔に記したものであったが、はんの「老父母」によれば、父の死の時も母の死の時も、次郎は真っ先に供華を届けた一人であった。

なだ万の別荘はその後、次郎に買い取られ、現在は次郎の養女・野尻政子さんが住んでいた。そこは、大佛茶廊として休日だけ一般に開放されていたが、以前訪ねた折り、玻璃越しに野尻政子さんの姿を見たことが印象に残っている。政子さんは次郎の兄・野尻正英《まさふさ》（抱影）の六女であったが、次郎には子がなかったので、養女として迎えられたのであった。

私は、『武原はん一代』に目を通すことで、はんと次郎の関係が少し見えてきたが、再び大佛茶廊を訪ねてみたいとの思いを強くしたのであった。

（平成十九年十月二十四日）

はんと次郎（二）

私は、鎌倉に向かう列車の中で、武原はんが九十三歳の時に出版した『武原はん一代』の「あとがき」に目を通していた。そこには、「『古稀の会』のことでは野尻政子さんにもお世話になりました」との記述があった。また、奥付の編集協力者の欄にも彼女の名前があった。

私は、「はんの古稀（七十歳）のお祝いに何か行事のようなものがあったのであろう」と予想しながら年表でその前後を確認してみると、昭和四十七年五月二十九日・三十日と二日間に亘《わた》って国立大劇場で「武原はん一代会」と題する古稀の記念公演が開催されていたことが分かった。

　当日の舞台の様子を書いた朝日新聞の記事の引用などからすると、舞が終わりもう一度幕が開いた時、はんの口上無しのただ一度だけのお辞儀が、どうやら観客の気持ちを相当昂《たか》ぶらせたようであった。そして、この口上無しの挨拶の演出は、どうやら大佛次郎が考えたようであった。

　はんは、満六十九歳のこの年、地唄舞《じうたまい》の功績により菊池寛賞を受賞している。上方の地唄舞は本来、座敷で舞うものだったが、はんは大きな舞台で舞うための工夫をしたのであった。

　私は、引き続き年表の下段に掲載されていた大佛次郎の養女・野尻政子さんの一文に目を走らせた。それによれば、次郎は常々、演目から衣装、舞台装置など、細々《こまごま》とはんの相談に乗っていたようだ。さらに、「ぼくは、おはんちゃんの演出家だ。ぼくの言葉をすなおに聞いてくれる」との次郎の言葉を書き残されていた。

　私は、この一文からはんと次郎の関係がやっと見えたような気がした。次郎は翌・昭和四十八年四月三十日に没したが、はんの国立大劇場での演出が最後となったのである。

君忌日都忘れの花に恋う

年表にあるこの句は、はんが昭和四十九年に詠んだものであるが、恐らく次郎への追悼句であろう。

鎌倉駅に到着した私は、東口を出ると鶴岡八幡宮に向かって歩きはじめた。途中、コンビニ・スリーエフを右折して百メートルほど行くと、そこはもう大佛茶廊であった。以前来た時は、一杯千五百円のコーヒーを庭を眺めながら頂戴したが、今日は家の中で飲ませてもらうことにした。このコーヒーの値段には、恐らく参観料が含まれているのではないかと思われた。

「今日は、野尻政子さんはご在宅でしょうか」

「はい。奥におられますが、何か御用でしょうか」

「実は、大佛次郎について少し調べております。できれば野尻さんに、お話を伺《うかが》えればと思いまして」

「それでは確認して参ります」

「こういう者ですが」

私は、注文したコーヒーを運んできた女性に、慌《あわ》てて名刺を渡した。

「今、出かける支度《したく》をしていまして、二、三分ならよろしいそうです」

「お忙しいところを申し訳ありません」

「もうすぐ来ると思いますのでお待ち下さい」

私は彼女が来る間、丁度《ちょうど》座った後ろの壁に飾られた次郎の書斎の写真やガラスケースの中の遺愛の品々を眺めていた。

「お待たせいたしました」

振り向くと、ショートカットの細身の女性が立っていた。

「野尻政子さんでいらっしゃいますか」

「はい、そうです」

「お忙しいところを恐縮です」

私はそう言うと、以前ここに来たことや大佛次郎記念館を訪ねたことなどを手短に話した。

「武原はんの著書の中に野尻政子さんのお名前が出てきますが…」

私はそう言うと、持参した資料のコピーを見せた。

「あの本の特に年表は、求龍堂の方でも相当力を入れて調べられたものです。もう大分前のことなので詳しいことは忘れてしまいましたが」

「そうでしたか。ところで大変失礼ですが、政子さんは昭和何年生まれでいらっしゃいますか」

「私は昭和四年生まれです。七十八歳になります」

「それにしてはお若いですね。ここの経営も政子さんがされているのですか」

「私ではなく、東京に住んでいる長男が休みの時だけ来てやっています」

「そうでしたか」

「時間がなくて申し訳ありません」

「いえいえ、こちらこそお引き留めして申し訳ありませんでした」

「どうぞ、ごゆっくりなさって下さい」

「ありがとうございます」

私は、記念に政子さんの写真を撮らせてもらうと、彼女が部屋から出て行く後姿を見送った。廊下に出て庭先を見ると、一足のサンダルとともに白い靴脱ぎ石が目に入った。それは、昭和二十五年に武原はんが両親といっしょに撮った写真に写っていた石と同じものであった。

（平成十九年十一月二十九日）

虚子と三汀（一）

鎌倉駅から江ノ電に乗り換え、三つ目の長谷駅で降りると、私は長谷寺に向かって歩きはじめた。

平成六年八月六日・七日と稲畑汀子先生の指導されている野分会の十五周年記念を兼ねた夏行《げぎょう》が、ここ鎌倉で開催された。みな厳しい暑さの中で作句に打ち込んでいた様子が、当時の会報から窺われたが、その中に平成十八年十一月十八日に逝去された秋田県出身の俳人・浅利恵子さんの句が目に留まった。

青といふよりは暑さに白む空　恵子
強き日を避けても暑さ避けられず　同
炎天に大仏黙し御在しけり　同

恵子さんとは、大仏の前で偶然お会いしたが、「長谷寺の虚子の句碑は見ましたか」と声を掛けられた記憶がある。その時は、「これから行こうと思っています」とか何とか、適当な返事をしたと思うのであるが、当日は、大仏を題材に俳句を作ることに気を取られていたので、句碑の方は帰りにその存在だけを確認し、すぐに下山してしまったのであった。

鎌倉には虚子の句碑が三基あることが知られていたが、その一つが長谷寺にある次の句を刻んだもの。

永き日のわれらが為めの観世音

虚子の句日記によると、この作品は昭和二十七年三月九日に詠まれたもので、次の詞書《ことばがき》が添えられていた。

大麻唯男、亡き娘榮子の為め長谷観音境内に観音像を建立し、その台石に刻む句を徴されて

大麻唯男は、昭和二十九年十二月に成立した第一次鳩山内閣の国家公安委員会委員長で、かつては神奈川県の警察署長も務めた。また、「政界の寝業師」との異名を持つ政治家でもあった。

商店街を抜けて長谷寺の前まで来ると、幹に大きな瘤《こぶ》を付けた見事な樹木が目に入った。看板が立っていたので近付いて確認すると、それは椨《たぶ》であった。平成六年に来た時に果たしてこの木に気付いていたかどうか、記憶は曖昧であった。

観音像　虚子の句
―永き日のわれらが為めの観世音―

拝観料を払い、しばらく手摺の付いた階段を上って行くと、観音堂のある高台に出た。観音堂を正面に左前方を見ると、大麻唯男の建立した観音像が十分目立つ高さにあった。観音像の横には、こんもりとした葉の中に埋もれるようにピンクの芙蓉が二、三輪咲き、さらにその横には銅像のようなものが、横向きに立っているのが見えた。

「多分、あれが三汀《さんてい》の銅像であろう」

私は、写真で見たことのある久米正雄の顔を想像しながら近付いて行った。

久米は、俳号を三汀と言って、その墓が虚子の句碑のある瑞泉寺にあった。虚子は―三汀の墓は質素や水仙花―の句を残しているが、三汀が逝去したのは、昭和二十七年三月（享年六十一歳）のことであった。

その墓に詣でるべく瑞泉寺を訪ねてみたが、関係者以外は入れない場所にあったため、詣でることもできず、諦めて帰ってきたことがあった。

しかしその後、福島県郡山市に久米正雄記念館があることを知り、問い合わせてみると、墓の写真を掲載した本があることを教えてくれた。さっそく、出版元である郡山青年会議所に電話を入れてみると、幸い在庫がまだあるとのことで、運よく取り寄せることができた。

墓の写真は、平成三年に出版された『久米正雄★人と作品』の中にあった。

この本の年譜によると、明治四十一年十七歳の時に俳句をはじめ、翌年には学業や運動をそっちのけにして、新傾向派の俳句に熱中したとある。また、三汀の俳号の由来については、当時住んでいた村の開拓地に灌漑《かんがい》用の溜池が三つあり、その池の辺でよく遊んだことから三汀と号したと、人にも話していたとのことである。

十九歳の時には、推薦で第一高等学校の一部乙（英文科）に入学し、同級には芥川龍之介、菊池寛、山本有三、土屋文明などがいた。そして、入学するとすぐ「東京俳句会」に入り、河東碧梧桐を師と仰ぎ作句に専念した。しかし、翌年には当時勃興《ぼっこう》していた新劇に惹かれ、劇作家になることを志し、俳句はやめてしまったことなどが記されてあった。

墓の写真は最後のページのあと、奥付の前に掲載されていたが、自然石の台座の上に「三汀久米正雄墓」と刻まれていた。高さは台座を含めて一・五メートル程あると思われたが、虚子には当時、三汀の墓にしては余程質素に見えたのであろう。

久米正雄（三汀）の胸像

写真で見る三汀の顔には、どことなく憎めない愛嬌《あいきょう》のようなものがあるが、目の前の胸像も同じであった。

この胸像が、自らが初代会長を務めた鎌倉ペンクラブにより建立されたのは、昭和二十九年三月のことであった。

観音堂からは二、三の花しか見えていなかったが、胸像の背後には無数の芙蓉が広がり、観音像との間を隔てるように飾っていた。

（平成十九年十二月十六日）

（注）大麻唯男について、『虚子自伝』の中で次のように語っている。

「大麻さんは政治家であるから一俳人である私とは違つてゐる。それでゐて、交りが浅いに拘らず、どことなく通ずるものがある。大麻さんはあれでゐて淋しがり家である。心の底には常に涙を蔵してをる。今度の大麻文化会館が出来ることになつたのも、この淋しがり家、涙もろさがさせたことであらう。

——一滴の男の涙大桜　虚子——」

虚子と三汀（二）

長谷寺の観音堂近くには、鎌倉ペンクラブにより建立された三汀・久米正雄の胸像がある。鎌倉ペンクラブは、その結成が昭和八年とも十一年とも言われているが、所謂《いわゆる》鎌倉文士の会で、その初代会長が久米正雄であった。そして、副会長が大佛次郎といったコンビで、特に久米は行動的な文士として知られていた。

ホトトギス昭和二十七年六月号に掲載された虚子の書いた追悼文「懐かしい友人」には、久米との関係を「厚からんとして薄く懇《ねんご》ろならんとして疎《うと》き関係」と述べているが、その理由について、「それは俳句の生ひ立ちが違つたといふばかりでなく、その性格が違ひ、その世に処する方法が違ふといふことに原因したものである」としている。

この追悼文から、俳人としての三汀は、虚子に相当親しみを持って接しようとしていた様子が窺えるが、虚子の方からは積極的に働きかけるようなことはなかったようだ。

しかし、そのずば抜けた行動力が、虚子をして「親友ではなかったが、然《しか》し懐しい友人であった」と言わしめたのであろう。

私は三汀の胸像の写真を何枚か撮ると、芙蓉の花に隔てられた虚子の句碑に移動した。句碑といってもそれは単独で建てられたものではなく、観音像の建立に際し、その台座に嵌め込まれたものであった。

永き日のわれらが為めの観世音

私は、その台座の文字を指先で追ってみたが、恐らくもう何十年かすれば、文字を読み取ることが困難になると思えるほど、すでにその多くがかすれていた。

ただ、観音像の横にはその由来を記した案内板が立っているので、それを見れば虚子の句であることを見逃す人は少ないと思われた。

台座の左脇には花器が置かれ、数十本の赤や黄色の小菊が生けてあった。私はそこに屈むと、傾いて抜け落ちそうな一本の茎を起こし、そのまま花器深く挿した。その時、この観音像も虚子の句も人々の心に受け継がれて来たことを改めて確認したような思いがした。

私はこれで虚子の三基の句碑を確認できたことに満足したが、もう一つ気になることがあった。それは、鎌倉文学館の構内に虚子の句碑があるとの情報を得たことにあった。もちろん、何かの間違いだろうと思い、直接文学館に問い合せてみたところ、句碑と呼べるかどうかは別にして、それらしきものがあるとの回答を得た。

私は長谷寺を後にすると、そのまま由比ガ浜大通を東に進んだ。ちょうど、甘縄《あまなわ》神明宮の奉納祭で通りは賑っていたが、文学館入口の信号を左折すると、鎌倉の落ち着いた佇まいに戻っていた。

鎌倉文学館には、かつて三度来館したが、虚子の句碑には全く気付かなかった。

「ここの敷地内に虚子の句碑のようなものがあると聞いて来たのですが、見せていただけますか」

私は対応してくれた学芸員の女性に頼んでみた。

「ご自由に見ていただいて結構です。虚子の句は、正門を入って左手の方向、チケット売場の後方にあります。他にも著名な人の短歌や俳句があります」

「それは、どのようなものですか」

「そう大したものではないのですが、外灯碑文《がいとうひぶん》と呼んでいます。構内の道に沿って全部で十基建っていますが、その正面に刻まれています」

「そう言えば、高さが一メートルほどのモダンな外灯が、以前来た時にもいくつか目に入っていましたが、刻んである文字までは気付きませんでした」

私はさっそく外に出ると、遊歩道として整備された構内の道を下りはじめた。最初に出会った外灯には次の句が黄色い文字で刻まれていた。

まま事の飯《いい》もおさいも土筆かな

これは、星野立子の作品であった。さらに下ると右側に一基、その先の副門近くにも一基あるのが見えた。この二基は二十メートルと離れていなかったので奥の方から確認すると、そこには次の句が刻まれていた。

破魔矢得て飛雪の磴をひたに走る

作者は久米三汀であった。「三汀の句がこんなところにあったのか」との思いでしばらく眺めていたが、近くのもう一基が気になったのでさっそく調べてみた。

秋天の下に浪あり墳墓あり

外灯碑文　虚子の句
―秋天の下に浪あり墳墓あり―

それは紛れもなく虚子の句であった。私はこの時、「こうして虚子近くにいられることを三汀もきっと喜んでいることであろう」と心の中で思いながら、三汀の人なつっこそうな写真の顔を思い浮かべていた。

（平成二十年一月二十六日）

第二章　虚子と京都

渉成園（枳殻邸）

平成二十五年十二月二十九日、上田悦子さんの墓参りを済ませた私は、京都駅に近い渉成《しょうせい》園（枳殻《きこく》邸）に来ていた。時計を見ると、もうすぐ午後三時であった。日帰りのため、慌てて立ち寄ったのであるが、昨年四月に建立された虚子と碧梧桐《へきごとう》の句碑を一度見てみたいと思っていたのである。二つの句碑は、すでにあった大谷句仏《くぶつ》の句碑の左右に建立《こんりゅう》されたと聞いていた。

入園口（西門）をくぐり受付で五百円寄付すると、二十六ページから成る立派なパンフレットをくれた。ページをめくると次々に園内の景物、諸建築の写真や解説が目に飛び込んできたが、句碑の情報はまだ掲載されていないようであった。

私は庭園北口から庭に入ると、傍花閣《ぼうかかく》の前まで来た。ここで、一万坪以上ある園内をざっと見渡したが、このまま歩きながら句碑を探すことにふと不安を覚えた。句碑の調査などをしていると、冬の落日は突然のように来ることを経験していたからである。私はいったん受付に戻って確認することにした。

「確か昨年四月頃、虚子と碧梧桐の句碑が建立されたと思いますが、場所はどこかお分かりですか」

「誰の句碑か分かりませんが、多分ここだと思います」

受付の女性は、パンフレットの中のイラストマップを開くと指をさしながら言った。

「この四角の4番の近くにあります」

「四角の4番?獅子吼《ししく》とありますが、何のことですか」

「別のページに解説がありますが、池の注水口のことです」

「この傍《そば》にあるのですか」

「そう目立つ程のものではありませんが、確か三つ並んでいます」

「それでは、さっそく行ってみます」

私は女性に礼を言うと、足早に傍花閣の前まで戻った。そこを回り込むように進んで行くと、回棹廊《かいとうろう》を正面に捉《とら》えることができた。これは木橋であったが、どうやら句碑はその橋を渡る手前にあるようであった。

もう十年以上前になるが、山会《やまかい》（文章会）を芦屋の稲畑汀子先生のご自宅で開催されたことがあった。その時、書庫を見せていただいたのであるが、その中に背表紙の赤い文字が薄れ、読みにくくなっている本が目に付いた。同じ本が何冊かあったが、手に取って表紙を見ると『虚子京遊句録』とあった。

「これが京遊句録ですか。今では神田の古本屋でも手に入りにくい本です」

私が独り言のように言うと、汀子先生はしばらく考えられてから、「一冊さしあげましょう」と小さな声でおっしゃった。その後、『虚子京遊句録』は、私の本棚に加わったが、余り見る機会もなく時だけが過ぎて行った。

そんなある日、汀子先生が山会で「天変地異」と題する写生文を発表された。それは、平成二十四年四月三日、枳殻邸に建立された虚子と碧梧桐の句碑の除幕式に参加された時のことを書かれたものだが、豪雨、落雷、雹《ひょう》と大荒れの一日であったようだ。

①虚子句碑　②句仏句碑　③碧梧桐句碑

降る雨に濡るるほかなき花衣　汀子

このことがきっかけとなり、私は思い出したかのように本棚に眠っていた『虚子京遊句録』を開いてみたのであった。

この本には、渉成園という名は出てこない。渉成園は別名枳殻邸と呼ばれているが、こちらの名で登場する。枳殻は訓《くん》ならば「からたち」と読むが、どうやら枳殻を邸の生垣として植えたことからこの名で呼ばれるようになったようだ。今でも南門の外にその一部が残っている。そして、『虚子京遊句録』には、次の二句が収録されていた。

人を見て鶴木隠る、落葉かな　（明　三八）

十薬も咲ける隈あり枳殻邸　（明　三九）

昭和四十年には改訂版が出されているが、生憎《あいにく》私の手許にはない。あるいは、改訂版の方にはもっと多くの句が収録されているかも知れないが、私が記憶に留めているのは、次の一句であった。

美人手を貸せばひかれて老涼し　虚子

句日記によれば、昭和二十七年五月二十三日「同人会。京都、枳殻邸」とあるが、これは枳殻邸で開催されたホトトギス同人会の席で発表された句であった。

美人がいったい誰だったのか、興味のあるところであるが、虚子の手を引いた女性はこれまでも結構いたようである。実際、虚子には「芭蕉の女」と題する写生文（ホトトギス昭和三十年九月号）があって、そこには「一度、先生の御手を引きたい」と臆面《おくめん》もなく言う三十過ぎの美しい女性が登場する。

また、「老いての旅（四）」（ホトトギス昭和三十二年四月号）にもこの句が登場するが、枳殻邸の同人会の時に、松尾いはほから老人学を聞きたいとの要望が虚子にあった。その意外な申し出に虚子は、この句をもって答えたというのである。もちろん、枳殻邸での場面とは限らないであろうが、少なくともここで発表された句であることは確かであった。

そんなことを考えながら、順路も曖昧《あいまい》なままに進んで行くと句碑の前に出た。

愕然《がくぜん》としてひるねさめたる一人哉　碧

勿体《もたい》なや祖師ハかみ衣乃《こ の》九十年　句仏

独り句の推敲《すいこう》をして遅き日を　虚子

大谷句仏の句碑を挟むように左手に虚子、右手に碧（碧梧桐）の句碑があったが、句仏に比べると大分小さく感じられた。虚子の句は、句仏十七回忌に詠まれたもので、虚子最期の句としても有名であった。

園内に人の姿は余り見られなかったが、それでも一時間程いる間に三人の若い女性とすれ違った。私がもし虚子の年齢まで生きられたとして、果たして手を引いてくれる女性がいるであろうか。

「遊んでばかりいないで早く帰っていらっしゃい」

数え日の京の空を見上げていると、妻の声が聞こえたような気がした。

（平成二十六年四月二十七日）

（注）昭和三十年に出版された『虚子自伝』（朝日新聞社）の中に「美人手を貸せば」の一文がある。それによると、京都大学医学部の松尾内科の教授であった松尾いはほ博士が、虚子に相談した内容は以下のとおり。

「私は兎角老人扱ひをされるのが不愉快で、まだそんなに老いぼれたとは思はないのに、人について来られたりすると、振り切り度い様な気が起こるのです。どうしたものでせう。一つ老人学を先生に教はり度いと思ふのですが。」

大原（一）―時雨を訪ねて―

「果たして時雨れるであろうか」

時雨を訪ねて京都駅に降り立ったのは、大晦日《おおみそか》の午前十時過ぎであった。

「この天気ではやはり無理かな」

目の前の京都タワーの晴れた空を見上げながら、私はC3のバス停に急いだ。京都のバスは市内の限られた範囲ならば、一日乗り放題で五百円と格安な乗車券があるが、今日の目的地である大原は圏外であった。そのためか、他のバス停には行列ができていたが、私の乗ったバスはわずか六人で出発した。

「こりぁーすいててよかった」

と思う間もなくバスは渋滞にはまった。

「終点の大原まで時間はどれくらいかかりますか」

心配になった私は運転手に声をかけてみた。

「この渋滞ですから、一時間十五分から二十分はかかると思います」

「通常ならば一時間程だと聞いていましたが、その程度の遅れで着きますか」

「まだ今日はいい方でしょう」
私は運転手の言葉に安心し、再び後部座席に戻った。

虚子が紀行文「時雨をたづねて」を発表したのは、改造社刊の雑誌「改造」昭和三年一月号であった。毎日新聞社版『定本高濱虚子全集』第八巻にも収録されているが、虚子の紀行文としては結構長いものである。

時雨をたづねて京都に来た私と他の二人の同行者は一夜を東山の宿に明かした。

これは書き出しの部分であるが、実際、この時は同行者の名も明かされず、滞在したのが何時《いつ》からのことなのか、細かいことは何も書かれていなかった。ただ、目的が時雨に逢うことそれを「改造」一月号に発表した、この二つの事実から、訪ねた時期が昭和二年の十一月か十二月であることは容易に推測できることであった。
この紀行文について、ホトトギスに何か書き残してはいないかと調べてみたが、昭和三年三月号の「雑詠句評会」で高野素十《すじゅう》の次の作品が取り上げられている他は、記事らしい記事を見つけることはできなかった。

翠黛の時雨いよ〱はなやかに

まず水原秋桜子《しゅうおうし》が、そして虚子が引き続き絶賛に近い評をしているが、虚子の発言により、「時雨をたづねて」の同行者の一人が素十であることが、はっきりしたのであった。

バスは鴨川に架かる橋にさしかかっていたが、すでに渋滞からは解放されたようであった。車窓から眺める鴨川の流れはゆるやかで、駅前とは全く違った落ち着いた京都を見せていた。橋を渡るとバスは左折し、川の上流へと向かった。

京都は社会人になってからは何度となく来ていたが、高校の修学旅行でも一度来たことがあった。その時、大原の三千院を訪ねた記憶があるが、その後、大原には一度も足を運んだことがなかった。

今回、大原を訪ねる気になったのは、京都の時雨に逢いたいと思ったことと、素十の句に詠まれた翠黛《すいたい》山を一度近くで見てみたいと思ったからである。

バスの中は退屈にも思えたが、京都駅前から終点の大原まで四十五のバス停がある。それ等、バス停の名前を画面の表示とアナウンスで確認しながら行くとバスは上橋に停まった。読み方は「カンバシ」、一つ過ぎて次は八瀬甲ケ渕、読み方は「ヤセカブトガフチ」、さらに先へ進むと神子ケ淵、読み方は「ミコガフチ」と言った具合に、バス停の名前を追っているだけでも退屈しない旅であった。

大原に到着したのは、昼に近かったが、私は早速《さっそく》、時雨を訪ねて寂光院へ向かった。空を見上げると雲が動き始め、やや期待が持てそうな空模様に変っていた。

寂光院までの道は「大原女の小径」として整備されていたが、畦道を拡幅し舗装した程度のもので車が一台通れるくらいの広さがあった。もっと狭い方があるいは「大原女の小径」を実感できるとも思えたが、道に沿う畑には大根や葱、冬菜の類が目立ち、今なお田園風景を留《とど》めていた。

畦を焼いているのであろうか、遠くの畑から煙が立ち上り、しばらくその煙を眺めながら先へ進んだ。

「路面が濡れていますが、時雨れたのでしょうか」

「いいえ、ここはいつも濡れています」

「そこを流れる渓流の水が染み出ているのかも知れませんね」

寂光院の門前に陣取る漬物屋の前まで来ると、私は御上《おかみ》さんに話し掛けた。

「ところで、翠黛山という山はご存知ですか」

「この裏山がそうですが」

話をしている間にも雲の去来が増え、時雨への期待がさらに膨らんだ。

「翠黛山には阿波内侍《あわのないし》や侍女の墓があるそうですが、どこか分かりますか」

「この道を少し行くと案内があります」

「思ったより近いですね。それでは、また帰りに寄らせていただきます」

墓への石段

私は虚子が寂光院で見た阿波内侍の張子《はりこ》の像のことを思い出していた。虚子は尼に案内されて、平家物語の悲劇のヒロイン・平清盛の娘徳子、すなわち建礼門院《けんれいもんいん》の像とともにそのもっとも側に仕えた阿波内侍の張子の像を見て、「建礼門院と吾等の心を結び付ける極めて親しみのあるものであった」とその印象を語っている。
私は、熊出没注意の警告板を横目に女院に仕えた五人の侍女の墓へ幅の狭い苔むした石段を上りはじめた。山は暗く荒れていたが、間伐など少し手を入れれば、虚子の訪ねた頃の山に戻るのではないか、そんなことを考えながら五十段程ある石段を上り了えた。

息を整えてから柵の内を見ると、椎の大木に挟まれるように小さな墓が五基、寄り添うように立っていた。

「時雨に逢えますように」

墓に手を合わせながらふと上を見ると、枯葉が音もなく降ってきた。

（平成二十八年一月二十三日）

（注）俳誌『鹿笛』昭和三年一月号の編集後記には、次の記述が見られる。「虚子先生が十二月上旬に本年の第四回目として突如入洛されました。素十氏、夢香氏も一緒です。三日には泊月、王城諸氏と大原に遊ばれました。（ながし記）」
ながし氏の記述によれば、虚子一行が大原に来たのは十二月三日である。ということは、京都に来たのは十二月一日となる。一日の晩に京都に到着し、その日は東山の宿に泊っている。翌二日は高雄の石水院に宿泊し、三日に大原の宝泉院に入ったと考えられる。

大原（二）―翠黛山―

私は時雨を訪ねて京都の寂光院に来ていた。虚子は「改造」昭和三年一月号に紀行文「時雨をたづねて」を発表した。東山の宿に泊まった一行は、翌日、嵯峨野・嵐山・高雄など西山方面を巡ったが、時雨に逢うことは叶《かな》わなかった。

しかし、当時、三千院近くの無住時（宝泉院《ほうせん》）を借りて休んでいると、偶然にも夜の時雨に出逢った。そして、空には月が輝いていた。

「時雨れてゐますよ。時雨れてゐますよ。」

三人は声に応じて立ち上つて障子を開けた。電燈の灯影が庭にさして、そこに白い雨の脚が二筋三筋眼に入つた。

「なるほど、時雨れてゐる。」と私は云つた。

「時雨れてゐる〳〵。」と他の一人も云つた。（中略）

「あゝ時雨れてゐる〳〵。」と云ふ声が表から聞えた。

四人ともいつか靴や下駄を突つかけて表に出てゐた。ハラ〳〵と降る時雨は心もちよく顔に当つた。

当初、虚子の京都行に誘われていた水原秋桜子によると、東京から虚子と同行したのは高野素十と三宅清三郎のようである。そして、京都では田中王城が合流したようだ。ただ、虚子が後の『玉藻』昭和三十一年三月号に発表した「寂光院」という紀行文には、次の記述が見られる。

「時雨を訪ねて」の時には素十、泊月、王城、夢香などと此処《ここ》に来て例の無住寺あたりをさまよつたこともあつた。

もし、こちらが正しいとすれば、東京から同行したのは三宅清三郎ではなく柏崎夢香ということになる。素十以外に誰が虚子と同行したのか、誰であってもここではさほど問題ではないので、話を先に進めることにしよう。

翌日虚子一行は、昼間の時雨に逢うべく寂光院を訪ねたのであった。虚子の理想とする京の時雨は、「日が照りながら時雨れている」ものであるから、その時雨に出逢うまでは、との思いが強かったのであろう。

私は寂光院に入ると、先ず虚子の見た建礼門院の像と阿波内侍の像を拝みたいと思った。他に参拝者がいなかったこともあり、案内の女性からゆっくり院の説明を聞くことができた。

建礼門院とは、平家物語の終りの方に登場する平清盛の次女・徳子のことであるが、壇ノ浦の源平の戦で息子の安徳天皇とともに入水したところを敵の源氏に助けられたという、いわば悲劇のヒロイン的存在であった。その徳子が後に出家し生涯を終えた場所がこの院である。

また、阿波内侍の方は大原女のモデルとも言われているが、宮中より建礼門院に仕えた側近としてよく知られていた。

「ご存じかも知れませんが、当寂光院は平成十二年に不慮の火災により本堂を焼失し、ご本尊を焼損いたしました」

「放火だったようですね」

「はい、そのようです」

「建礼門院の像と阿波内侍の像はどうなりましたか」

翠黛山

「それも燃えてしまいました。しかし、二像とも再建されまして、こうしてみな様にお姿をお見せできる次第です」

そう言われて二像を順に拝んだが、共に座像で合わせた手に数珠《じゅず》をかけていた。一見、どちらもそっくりに出来ていて、まるで双子の姉妹を思わせた。

それでもよく見ると建礼門院の方が色白でやや美人、阿波内侍の方は、頬の辺りが幾分角ばり骨太の表情で、その少しの差が二人の器量《きりょう》を分けているようにも見えた。

虚子は、昭和三十一年に再び阿波内侍の木造に見《まみ》えた際に、修復をしたために却《かえ》って醜くなったと言っていたが、平成の世に生まれ変った像に醜さを感じることはなかった。

一通り説明を聞いた私は、本堂の正面に出て鬱蒼《うっそう》とした翠黛山を眺めた。虚子や素十も恐らくこの距離から時雨を眺めたのであろう。

寂光院に行って、寺の一間に憩《やす》んで、眼前に翠黛山を見渡した時には愈々《いよいよ》時雨がしげくなって来て、それに日の当っている光景が翠黛山を銀糸で包んだかの如き光景を現出した。その時素十君は「はなやかですね。」と云った。私も何を隠そうその光景を見た時には華やかな感じを抱いたのであるが、併《しか》し「はなやかですね。」と云われた時には、どきんとした。時雨にはなやかという言葉を用うることは晴天の霹靂《へきれき》であった。

これは雑詠句評会の素十の句―翠黛の時雨いよ〳〵はなやかに―に対する虚子の評の一部であるが、時雨の降り方をはげしいと表現したり、銀糸で包んだ如き光景といった形容には、あるいは多少の誇張があるかも知れない。しかし、読者には虚子の見た感動が伝わって来るのである。

果たして、今の翠黛山にそれだけの魅力があるのかどうか、それも時雨が来れば判るだろうと思い、私はそろそろ降り出しそうな空を見上げていた。

（平成二十八年二月二十七日）

大原（三）―柴漬―

寂光院を詣でた私は、次にかつて高校の修学旅行で来た記憶のある三千院を訪ねるべく山門を出た。上から見下ろした石段の先には大きな漬物樽を並べた店が客を集めていた。帰りに寄る約束をしていたので、しばらく他の客といっしょに十種類以上ある漬物を眺めていると御上《おかみ》さんから声が掛かった。

「阿波内侍《あわのないし》の墓は分かりましたか」

「ええ、翠黛山に五人の侍女の墓がありましたが、一番右側がどうやら内侍の墓のようでした。今、寂光院で内侍の像を見てきたところです」

「どの漬物になさいますか」

「やはり、オーソドックスな紫蘇《しそ》と茄子《なす》にしましょう」

「それでは柴漬《しばづけ》でよろしいですか」

「建礼門院《けんれいもんいん》が名付けた柴漬でないと、ここに来た甲斐《かい》がありませんので」

「どうぞ味見をして下さい」

御上さんはそう言うと、一匙《ひとさじ》ほどのご飯の上に柴漬を乗せたものを食べさせてくれた。

「うーん、やはりこれにしましょう」

「他はよろしいですか」

「それでは、同じものを二つ頂戴《ちょうだい》します」

しば漬は大原の特産品で高倉天皇の中宮建礼門院が寂光院にて紫蘇、茄子、瓜等を塩漬にされ、〝紫葉漬〟と命名されて以来、村の誇りとして今日に伝わっています。

私は受け取った漬物の解説を読みながら「大原女の小径」を引き返した。

もう二十年以上前のことであるが、虚子の句集か何かを読んでいた時に次の句が目に止まった。

柴漬《ふしづけ》に見るもかなしき小魚かな　虚子

この句が虚子編『新歳時記』に採録されていることを知ったのは、しばらくしてからのことであったが、当時の私の解釈は、例えば虚子が柴漬《しばづけ》を食べていたところ、その中に小魚が混じっていた。こんな小さな魚がどうしたことか漬物にされてしまった。何と悲しいことよ。

この句の季題は柴漬《ふしづけ》であるが、シバヅケと発音する京都特産の漬物のことと思っていた。

寂光院前の漬物屋

調べてみると、明治三十一年の作で『年代順虚子俳句全集』にも収録されていた。ただ、作られた場所等については不明であった。

　その後、汀子先生から頂戴した中田余瓶《よへい》編集の『虚子京遊句録』に目を通していると、偶然にもこの句に再び出逢ったのである。それも作句場所が大原とあった。もし漬物の柴漬が季題であるならば、私の解釈はごく一般的とも言えそうであるが、もはや漬物でないことはすでに承知していた。

　漬物の柴漬は季題ではないし、歳時記の中では、フシヅケと発音し、魚を取る仕掛けの一つであった。また、広辞苑などを見ると漁のフシヅケを漬柴《つけしば》ともしているので、話はややこしくなる。恐らくその辺の混乱を避けるために虚子は、漁としてこの字を用いる場合は、フシヅケと読ませたのかも知れない。

　大原のどの辺りで虚子はこの句を詠んだのであろうか。そんなことを考えながら、私は三千院への道を急いだ。

虚子が柴漬《ふしづけ》を見た川はその広さから考えて、大原をほぼ南北に貫く高野《たかの》川ではないかと推測してみたが、虚子の紀行文「時雨をたづねて」には、現在はロガワ、リツガワと発音されている呂川《ろせん》と律川《りつせん》が登場する。地図を見る限りこちらの可能性も否定できなかったので、実際に見て確かめる必要があると思った。

坂を上ると其所に呂川《ろせん》と呼ばるゝ川が流れて居つた。其川の石橋を渡ると、其所には散り残つた紅葉の大樹が数十本あつた。そこが三千院のあるところであつた。

この一文から虚子の渡った石橋は、現在の魚山《ぎょざん》橋のようであったが、橋の近くには確かに何本かの紅葉の大木を確認することができた。そして、橋の上から見た呂川は急流で、柴漬漁をするような落ち着いた川ではなかった。

三千院の石段を通り過ぎて暫く紅葉の下をさまよふた。やがて律川《りつせん》といふ川にかゝつてゐる石橋を渡つた。呂川律川といふ二つの川が三千院を挟んで流れてゐるのであつた。その律川の石橋を渡つて下りたところに勝林院といふ大きな御堂があつた。

この虚子の渡った橋は、三千院の境内図にある未《み》明《みょう》橋と思われたが、さっそく橋の上から下流を眺めると、こちらもかなりの急流であって、柴漬漁どころではない。やはり、高野川かその他の川かも知れないが、虚子の柴漬の句の故郷・大原を訪ね得たことで納得したのであった。

時計を見るともう四時近くになっていた。私は四時台のバスに乗るべく三千院を後にした。途中、時雨そうで時雨ない空の雲が私を追い掛けて来ては抜いて行った。

（平成二十八年三月二十七日）

（注）ホトトギス昭和十六年十一月号「俳句翻訳」に、―柴漬に見るもかなしき小魚かな―の虚子の自解が出ている。「冬川に柴漬がつけてある。小魚がちら〳〵とその柴漬の中に這入つて泳いでをる。その小魚はやがて引き上げられるものとも知らないやうすだ。その柴漬をして居る人の暮らしも侘しいものである」。

大原（四）―五葉の松―

昭和二年の冬、虚子一行は京都の時雨を訪ねるべく、昼間は無住の宝泉院を拠点に夜は近くの茶店で寝泊まりをしていた。雑誌「改造」から依頼された「時雨をたづねて」は、やや長文のため、落ち着いて原稿を書ける場所が欲しかったのであろう。

五葉の松

平成二十七年の大晦日、私は時雨を訪ねて京都の大原を旅したが、時雨に逢うことは叶わなかった。

家に帰るとさっそく次の機会に訪ねたいと考えていた宝泉院を調べてみた。調べるといってもインターネットで検索しただけであるが…。

そこで面白い記事に出逢った。「時雨をたづねて」にも登場するが、この院には古い五葉の松があった。そして、その解説を読んで大いに驚かされたのであった。

近江富士を型どる樹齢七百年の五葉松。京都市指定の天然記念物。京都市内にある三つの著名な松の一つ。七十年ほど前に高浜虚子が無住の宝泉院を訪れ、「大原や無住の寺の五葉の松」と詠んだ。

もちろん、樹齢の古さや天然記念物に驚いたわけではない。虚子の無季の句に驚いたのであった。

「——祇王寺の留守の扉《とぼそ》や押せばあく——だけではなかったのか」との思いと、「ほんまかいな」と疑う気持ちとが半々であった。こんな場合、いくら考えても仕方がないので、この解説を書いたと思われるご本人に聞いてみるのが一番早いと思い、さっそく電話をかけてみた。

「そちら様のホームページの内容について、お尋ねしたいことがあるのですが、よろしいでしょうか」

「はい、何でしょうか」

「五葉の松の解説に高浜虚子が詠んだ句を掲載されていますが、誠に失礼とは存じますが、どこからこの句をお採りになられたのでしょうか」

「ああ、あれですか。もうかなり前になりますが、同志社大学の先生か誰かがお見えになりまして、そんな話をされ、資料を置いていかれたのです」

「その資料は住職のお手許にございますか」

「昔のことなので、どこに仕舞ったものか…。そんな貴重な句なのですか」

「大変貴重な句です。もしよろしければ、年が明けましたらお伺いしてお話を聞かせていただきたいのですが、よろしいでしょうか」

「一日は年始の挨拶《あいさつ》廻りで留守にしますが、二日以降なら比較的いることが多いと思います」

「それでは二日にお伺いしてもよろしいでしょうか。何分、静岡から参りますのでお昼近くになってしまいますが…」

「二時前に来ていただければ結構ですよ」

　藤井住職との会話を思い出しながら宝泉院の庭を眺めていると、それらしい人が近づいてきた。

「須藤でございます。先日は電話で失礼いたしました」

　私はそう言って挨拶をした。

「資料の方は残念ながら見つかりませんでした。どこに仕舞ったものか…」

「資料は、また出てきた時にお教えいただければ結構です」

「多分、まだ平成になっていなかったと思いますが、同志社大学から人が訪ねて来られまして、虚子一行がここで句会をした折りに虚子がこの句を作ったと言っていました。須藤さんは、この句が無季で虚子は余りこういった句は作らないとおっしゃっていましたが、虚子の句ではないのでしょうか」

「いいえ、そんなことはありません。虚子も無季の句を作っています。ただ、それは俳句ではないと言っているだけです。虚子の同行者が何人かいましたので、この院で句会をしたことも十分考えられます。中に京都在住の門弟がいましたので、地元の俳句雑誌か何かに当時の事を書いていた可能性もあります。もしかしたら、そういった資料を置いていかれたのかも知れません。いずれにしましても虚子の句ならば大変貴重です」

「私が今でも覚えているのは、下五が〝五葉の松〟になっている。弟子達は〝五葉松〟とした方が座りがよいとみな思ったらしいのですが、虚子は断固として譲らなかった、そんな話もされていました」

「それも貴重なお話ですね。虚子の紀行文の中にもこの松が登場しますが、やはり五葉の松としています。この松は特別との思いがあったのかも知れません。実は、ご住職にお聞きしたいことが他にもいくつかありまして、よろしいでしょうか」

「ええ、どうぞ」

「虚子の―時雨をたづねて―には苔むした老梅が出てきますが、今もあるのでしょうか」

「多分、もう枯れてしまった梅のことだと思いますが、実はその梅の部材で先代の住職が数珠をこしらえました」

「よろしければ見せていただけますか」

「お持ちしますので、しばらくお待ち下さい」

住職に見せていただいた数珠は、一つ一つが飴色でまるで算盤の珠《たま》を思わせるような形をしていた。

「先代はきっと―時雨をたづねて―を読んでいたのではないでしょうか。虚子はもうこの世にはいなかったと思いますが、このことを知れば、きっと喜んだと思います」

「柊《ひいらぎ》と梅は魔除けになると言われていますので、数珠にして残したのでしょう」

「もう一つお聞きしたいのですが、―時雨をたづねて―の中に徳女という女性が登場するのですが、三千院の近くで茶店をやっていたようです」

「ええ、よく知っています」

「店はどの辺にあったのでしょうか」

「句碑の正面にありました」

「徳女の句碑があるのですか」

「大きな句碑だからすぐに分かります」

「もしや、あの苔むした碑ですか。千という字だけが見えましたが」

「―魚山の名ここに千年冬木立―という句です。その句中の千の字でしょう」

「帰りにまたよく見てみます。それに徳女には真理《まり》という娘がいて、虚子が昭和三十一年に訪ねた時にいっしょに車に乗って寂光院を案内していますが、ご存知でしょうか」

「真理さんならよく知っています。ここにも時々来ます」

「連絡は取れますでしょうか。できれば徳女の話が聞きたいのですが」

「彼女は修学院の方に住んでいますが、須藤さんの調査ということでしたら電話番号をお教えしましょう」

私は住職に礼を言うと宝泉院を後にした。空を見上げたが、時雨れる気配は全くなかった。


（平成二十八年四月二十四日）

（注）虚子に同行した野村泊月の証言によると、「時雨をたづねて」は、虚子が直接書いたものではなく、虚

子の口述を柏崎夢香に筆記させたものであった。詳しくは、大原（八）の（注）参照。

大原（五）—徳女の句碑—

平成二十八年一月二日、宝泉院を訪ねた私は、帰りに藤井住職に教えていただいた徳女の句碑に立ち寄った。句碑は三千院御殿門の脇にあった。

魚山の名ここに千年冬木立

高さが一メートルを超え、幅が二メートル以上ある立派なものであったが、すでに苔を帯び文字を読み取ることが困難な状態になっていた。ただ「千」の字だけが浮き上がり、句碑の歳月を留めているようにも見えた。

引き続き句碑のぐるりを調べると横に銘板が嵌め込まれていることに気付いた。

徳女句碑
—魚山の名ここに千年冬木立—

小塙徳女之句碑
昭和五十六年辛酉歳《かのととりどし》十一月吉日
魚山三千院門跡建之

道を隔てて句碑の前には「土井の志ば漬」という漬物屋があるが、かつてここに徳女の「四季の茶屋」があったようだ。

昭和二年の冬、京都の時雨を訪ねた虚子は、当時無住時だった宝泉院を拠点としていたが、夕食や寝泊まりは徳女の店からもそう遠くない別の茶店を借りていた。

私達は昼間だけ宝泉院に行つてゐて、夜分はこの茶店に帰つて寝ることに相談が纏まつた。火鉢や炭や座蒲団などはこの茶店から運んで呉れることになつたのである。

また、虚子は徳女についてもこれまで話には聞いていたが、面識はなく、この時初めて紹介され興味を持ったようだ。

私は徳女といふ女は十分に知らなかつた。只三千院の門前に茶店を営んでゐる若い女があることだけは聞いて居つた。

その後虚子は、宿の茶店に訪ねて来た徳女と面談し、門弟達とともに冬の夜の一時を過ごすのである。

「どうして貴女はこの大原にゐらつしたのです。」と私は聞いた。

「大原女の絵を描きたい為めにです。」と徳女ははつきり答へた。

「あの茶店には貴女一人居るのですか。」

「え、一人きりです。（以下略）」

「淋しくないですか。」

「い、え、ちつとも。（以下略）」

かつての「四季の茶屋」

「この大原においでになる前には？」
「京都に。」
「あなたは東京ですか。」と私は尋ねた。
「え、東京です。生れは茨城です。霞蒲の近所です。」

この時、徳女はまだ三十歳前後、歯切れのよい言葉で返事をする彼女の存在は、この一文に花を添えているようにも思われた。

徳女に興味を持った私は、引き続き虚子の京都関連の記事を全集などで調べた結果、昭和三十一年三月号の『玉藻』に「寂光院」と題する紀行文が掲載されていることを知ったのであった。

ここに登場するのが徳女の娘真理であった。虚子はこの時、立子、友次郎夫妻、それに晴子を連れて松山に帰郷した帰りに京都に立ち寄り、徳女の茶屋を訪ねていた。

茨城県の者である徳女が、どういふ運命を辿つてか此処に落著いて「四季の茶屋」といふ看板をかゝげた。それからもう四十年にもなるであらうか。（中略）

徳女は大原女の恰好《かっこう》をして私の宿（柊屋）にも来、俳句会にも列席したこともあった。また絵と俳句を色紙等に書いてそれを売つてゐた。よろこんでそれを買ふ人もあつた。（中略）

徳女は娘を呼んだ。その娘といふのは二十一になるかといつた。徳女に似てはき〳〵とものを云つた。私がこれから寂光院に行くと云ふと、その娘は、

「ご案内しませう。」

とすぐ立ち上りさうにした。

この娘が真理であった。実はその真理さんが健在で、今は修学院に住んでいることを私は藤井住職に教えていただいたのであった。

私は句碑の調査を済ませると、さっそく真理さんに電話をした。藤井住職の紹介であることを告げると快く応じてくれた。

「もし今日ご都合がよろしければ、お母様のことを少しお聞かせ願いたいのですが」

「それでは、大原からバスに乗られましたら、修学院駅前で降りて下さい。バス停にいて下されば、お迎えに上がります」

私は真理さんにバスの乗車予定時刻を伝えると空を見上げた。もしかしたら時雨が来るのではないかと思った。

（平成二十八年五月二十九日）

大原（六）―小塙徳女―

修学院駅前のバス停で待っていると、一人の小柄な女性が近づいて来た。多分、真理さんだと思い頭を軽く下げると、彼女の硬い表情が一瞬やわらいだように見えた。

「家に来ていただくには、何分散らかっておりますので」

「私はどこでも構いません。お話を聞かせていただければ…」

「それでは、すぐそこのホテルの一階にカフェがありますのでご案内します」

バス停近くの松ケ﨑橋を渡ると、私達は道を横切り、アピカルイン京都に入った。

「虚子の紀行文―時雨をたづねて―に徳女という女性が登場しますが、一読して興味を持ってしまいました。それが、真理さんのお母様であることを別の虚子の一文で知りました」

「余りよく覚えていませんが、確か玉藻《たまも》に…」

「昭和三十一年三月号に掲載された―寂光院―です。そこに二十一歳頃の真理さんが登場されて、虚子といっしょに車に乗って寂光院を訪ねます。虚子が真理さんの名前を書き残してくれたお蔭で、こうしてお会いできたのです」

「当時のことはよく覚えています」

「お母様は、絵の他に俳句もなさっていたようですが、ホトトギスに投句はされていなかったようですね」

徳女の色紙「大原女」
―椿落ちしあとのしじまや寂光院―

「虚子先生にお会いした後、ホトトギスを下さる方がいて、一時期ですが、投句はしていたようです。元々は松根東洋城の門下でした。ただ、母は自立心が強く、昭和十一年から三年間程ですが、―四季―という俳誌を主宰していた時期もありました」

「その俳誌はお持ちですか」

「全部ではありませんが家にあります」

「また機会がありましたら是非見せて下さい。句集などは出されていたのでしょうか」

「昭和二年に『大原集』を出したのが最初です。それと亡くなった後に『優婆夷《うばい》』を遺句集として私が出しました。句集はみな非売品ですが、もう一冊、昭和十年頃に『山居《さんきょ》』という文集を京都の人文書院から出版しています」

「その等も是非見せて下さい。お母様が亡くなられたのは、いつ頃でしたか」

「昭和五十六年二月十五日です。八十四歳でした」

「本名は、徳子さんですか」

「いいえ、平仮名でとくです」

「昭和五十六年といえば、句碑が建立された年ですね」

「句碑は、母が亡くなってから建てていただいたものです。その後、私が店を継いだのですが、諸般の事情で昭和五十八年に暖簾《のれん》を下ろしました」

「大原には何年頃から…」

「—優婆夷—のあとがきにも書きましたが、大正十一年十一月十一日からです。六十年余りになります」

「十一が三つですか、それは覚えやすい。店を閉められる時は、きっと多くの人に惜しまれたでしょうね」

「地元の新聞にも取り上げられました」

「その他にも聞きたいことがいくつかありますが、よろしいですか」

「ええ、どうぞ」

「―時雨をたづねて―を読むと、余り事前の準備をしないで京都に来たといった感じがします。宿もこちらに来てから決めています。ただ、宝泉院の方は、虚子が来ることを見越して事前に借りる準備ができていたようです。何しろ当時の村長が、虚子一行を宝泉院まで案内していますので」

「それは多分、虚子門下の矢野蓬矢《ほうし》さんでしょう。当時、若くして京都府愛宕郡の郡長をされていました。お住まいも寂光院の近くにありました」

「やはり蓬矢さんですか。蓬矢さんは当時の中央から派遣されて来る役人としては、大変人徳のある方で、悪く言う人がいなかったと先輩俳人から聞いています」

「母も大変親しくさせていただきました。蓬矢さんと母とは明治二十九年生れで同い年、そして、昭和五十六年に母が亡くなるとその数日後に母を追うように亡くなられました。確か二月十九日だったと思います」

「そうでしたか。それともう一つ、当時虚子一行が宿泊した茶店がどこかお分かりでしょうか」

「それは、〝ますや〟です。今はもうないと思いますが、場所は覚えていますので、機会がありましたらご案内します」

「もう少しお母様のお話をお伺いしたいのですが、今日中に静岡まで帰らなくてはなりません。今度お会いする時には是非、お母様の書かれた本や絵を見せて下さい」

「余りお役にも立てませんでしたが、どうぞまたお出かけ下さい」

私がその後、京都修学院に住む小塙真理さんのご自宅を訪ねたのは、五月五日のことであった。

「こうして見ると、随分立派な俳誌ですね。創刊号は昭和十一年十月、百ページを超えていますね。この表紙の鬼灯《ほおずき》の絵はお母様が…」

「そうです」

「内容的にも立派です。お母様は驚く程、才能豊かな方のようでしたね。絵や俳句ばかりでなく、俳論やエッセイなども書かれています。確かに一目置かれる俳人であったことが分かります」

「母は明治の人で物事に妥協する性格ではありませんでした。それに宗教や哲学など、本はよく読んでいましたので、ヘタに議論をふっかけようものなら逆にやられてしまいます（笑）。それに、お客の少ない冬の時期はよく写経に励んでいました」

「どのようなお経でしたか」

「観音経が好きでした。母の写経の折り本を句碑建立の時に下に埋めてもらいました」

「それは、当事者しか知らない貴重な情報です」

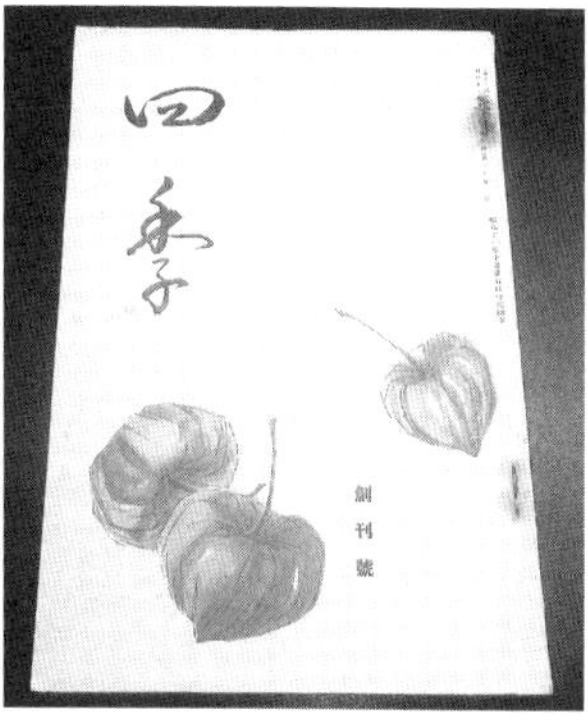

俳誌「四季」創刊号表紙

私は「四季」創刊号に掲載された—俳懺悔《ざんげ》—と題する徳女のエッセイを拾い読みしているうちにある個所に目が止まった。

その当時の十二月二日、村役場の人が来て、虚子先生が小説を書く為に宝泉院へ来られると云ふ事を告げた。

『王城泊月両氏も御同伴だそうです』
とも附加へた。
その頃、私はまだ、ホトトギスと直接のゆかりは無かつたが、王城先生と泊月先生とは、別々の方面からの知己で、そしてどちらもお親しかつた。（中略）
その時の虚子先生のお宿は、今、バスの終点になつてゐる茶店だつた。先生は其所から五六丁の坂をのぼり、私の庵前を経て、更に二三丁奥にある宝泉院へ通つて、そこであの『時雨を訪ねて』の一文を草されたのだつた。御滞在は三日程であつた様に思ふ。

徳女が虚子の来京を知ったのは、どうやら十二月二日のようだ。恐らく翌三日には宝泉院に入ったのであろう。また、「ますや」から「四季の茶屋」までの距離は五六丁。一丁は現在の基準では凡そ百九メートル。よって、大雑把ではあるが、六百メートル程の距離であったと考えられる。

「母の描いた絵の多くは、お世話になった方々に差し上げてしまい、もう余り残っていないのです」

真理さんはそう言いながら、大原女を描いた五枚の色紙と句碑となった―魚山の名ここに千年冬木立―の絵入りの色紙を一枚見せてくれた。
私は、時雨の代りに徳女の描き残した大原女に出逢えたことに満足した。

（平成二十八年七月二十八日）

大原（七）―徳女の墓―

私は、夏季休暇を利用して再び京都に来ていた。

「真理さんですか、今京都に着きました。教えていただいた地下鉄烏丸線のホームにいます。もうすぐ電車が来ます」

「それでは、終点の国際会館駅まで乗って下さい。多分、二十分くらいで着くと思います。降りたら地上に出て、大原行きのバス停の前でしばらくお待ち下さい。私も今から家を出ます」

「それでは、よろしくお願いします」

虚子が昭和三年一月に発表した紀行文「時雨をたづねて」に触発されて、私も一度、京都の時雨に逢いたいと思い、昨年から今年にかけて大原を訪ねてみたのであった。

残念ながら時雨らしい時雨に逢うことは叶わなかったが、ここでも新しい人との出逢いが待っていた。一人は宝泉院の藤井住職、そしてもう一人が、今電話で話した小塙真理さんであった。

真理さんは昭和九年生れ、今年の八月で満八十二歳になられた。そして、「時雨をたづねて」に登場する人物の中では、一際目立つ小塙徳女の長女であった。

その徳女と虚子の会話が最も長く挿入されている箇所が、ここに来て初めて遭遇した宝泉院の夜の時雨と、その後移動して再び見《まみ》えた宿泊先の時雨月夜とを繋ぐ位置にあった。時雨を追い掛けるといった、やや退屈とも思える文中に徳女は生き生きと描かれていた。

私は真理さんと二度目にお会いした時に約束したことがあった。一つはお母様の墓参りをさせていただくこと。そしてもう一つが、虚子一行の宿泊した茶店「ますや」の跡地を案内していただくことであった。

国際会館駅に到着した私は、地上に出ると大原行きのバス停の前まで来た。そして、時刻表を確認すると、ほぼ一時間に二本の割合でバスが出ていることを知った。

大原に行くには京都駅前からバスに乗る方法しか思いつかなかったが、真理さんから教えていただいたのがこのルートであった。実際、街中の混雑を考えると多少ここでバスを待っても時間的には有利と思われた。ここまで来れば大原までの道のりも残すところ半分程で三十分とはかからない筈である。

ふと遠くを見ると、花束を持った女性が近づいてくるのが分かった。

「お待たせしました。大分待ちましたか」

「ほんの十分ほどです。真理さんは修学院のご自宅からここまでどの様にして来られたのですか」

「家の近くからここまでバスが出ています」

「それに供花をご用意させてしまい申し訳ありません。本来なら私が持参しなければいけなかったのですが…」

しばらく二人で立話をしているとバスが入ってきた。誰も乗っていなかったので、どうやらここが始発のようであった。

バス停に並んでいた人達が次々に乗り込んだが、私達が座る席はまだ十分残っていた。

「お母様のお墓は、大原のどの辺にあるのでしょうか」

「宝泉院と勝林院の裏山に旧村の共同墓地がありまして、そこに埋葬しました」

「墓地の名前とか区画番号はないのでしょうか」

「何分古い墓地で、共同墓地としか…。以前、母と生前親しかった人が、一度墓参りをしたいと訪ねて来られたのですが、遂に見つからず、最後に大きな声で、母の名を呼んだそうです。そしたら目の前に墓が現れたと、そんなエピソードがあります」

「お墓探しには私も苦労したことがありましたので、案内をお願いした次第です」

バスはすでに八瀬を抜けて大原に入っていた。車窓から蜻蛉が飛んでいるのが見えた。私は句帳を開くと即興の一句を記した。

八瀬の空大原の空赤とんぼ　常央

バスを降りた私達は、さっそく徳女の墓へ向かった。しばらくは三千院への道を辿ったが、途中から左折して五分程進むと宝泉院の通用口の脇に出た。そこから先は人家のないくねくねとした林道で杉や檜が残暑の影を濃く落していた。

「さあ着きました」

真理さんの前方には、休憩所と思われるような建物が見えていた。近付くと正面の屋根に近い壁に扁額が掲げられていた。そこには墨蹟で「龕前堂」とあった。

「真理さん、これは何と読むのでしょうか」

「それは、ガンゼンドウと読みます。最初の龕の字は、棺を置くという意味があるようです。昔はみな土葬でしたので、ここで準備をしてから埋葬しました」

私は頷くと、今度は龕前堂近くに設置された大きな看板の前に立った。そこには、墓地の使用者名、面積、金額などが記されていた。使用者名の中に真理さんの名前を見つけたが、その数からすると墓も二百四十基以上あると思われた。そして、看板の上の方を見ると「聖谷墓地管理費」とあった。

この様な個人情報を大きな看板に書いて掲げておくことなど、今では余り考えられないことであるが、私のような余所者《よそ》がめったに入って来ない地域であれば、田舎の共同社会の中ではこれがむしろ普通のことなのであろう。私は自分が育ったよき時代の村を思い出していた。

「真理さん、墓地の名前が分かりましたよ。聖谷墓地です」

「……」

真理さんは何も言わずに頷いた。

その龕前堂を右手に道をほんの少し下ると墓地の入口があった。それは垣根が途切れた辺りに自然にできたもので、そこに立つと墓地全域をほぼ視野にとらえることができた。それは山の斜面を切り開いたもので、恐らく先人が人力で少しづつ造成しながら墓を増やしていったのであろう。

徳女の墓はその入口から十メートル程奥にあった。それは自然石を利用した小さな墓であったが、ただ「徳女」とだけ刻まれているのが印象的であった。

徳女の墓の横には晩年を共に過ごした父母の墓があった。それは供養塔のような形をしたもので、徳女の墓に比べると幾分背の高いものであった。

徳女の墓(左)と父母の墓(右)

「最初、一つの墓にしようかとも考えましたが、結局別にいたしました」

私は何か事情があったのだろうと思いながらもそれ以上は聞かなかった。そして、二つの墓の左右の花器を抜くと、近くの洗い場に持って行った。その間、真理さんは線香と供花の準備をしてくれた。

私はきれいに洗った四つの花器を元に戻すと水を満たした。真理さんは手際よく四等分した花をそれに差した。

「お母様の戒名は…」

「真観徳女大師です」

私は徳女の墓に手を合せると、ここまで導いてくれた礼を心の中で言った。耳を澄ますと、それまで声を響かせていたみんみん蝉が止み、法師蝉に代っていることに気付いた。


（平成二十八年九月十八日）

大原（八）——ますや——

徳女の墓参りを済ませた私達は、近くの宝泉院を訪ねた。ここの藤井宏全住職は、真理さんの古くからの知り合いで、私もすでにお会いして面識のある方であった。

住職は参拝者の対応に追われていたので、私達は抹茶を頂戴しながら待つことにした。住職の説明される庭や部屋の血天井のことをそれとなく聞いていたが、「かつて高浜虚子がこの五葉の松を見て、——大原や無住の寺の五葉の松——と詠まれました」との言葉を最後に参拝者の多くは、また思い思いに庭や部屋を眺めたりしていた。

「今日は須藤さんが母の墓参りをして下さるということで、いっしょに来ました」

「それはそれは、いつもホトトギスをお送り下さいまして、ありがとうございます」

「虚子の五葉の松を詠んだ句については、私の方でも調べていますが、ご住職の方はいかがですか」

「うーむ」

住職が困ったような表情をされたので、私は話題を変えた。

「五葉の松の端の方が大分枯れていますが…」

「実は松食い虫が入ってしまい、今専門家の意見を聞いて対策を考えているところです」

「樹齢七百年でしたか、体力が相当落ちているのでしょう」

私は、五葉の松の回復を祈るばかりであった。

「これから、須藤さんを虚子の宿泊した〝ますや〟にご案内してきます」

私達は住職に礼を言うと宝泉院を後にした。勝林院の前まで来ると私は真理さんに言った。

「実は以前来た時に、この先にある律川に架かる小さな橋の名について、気になったことがありますので、いっしょに見て下さい」

私はそう言うと、すでに見えていた赤い欄干の所まで歩を早めた。

「この橋銘板には茅穂《かやほ》橋とありますね。しかし、三千院の方から歩いて来ると未明《みみょう》橋とあります」

「幾度となく通った橋ですが、気付きませんでした」

「三千院の案内図には末明橋としか出ていませんので、寺の推奨する名前はこちらなのでしょう。しかし、地元の年配の方に聞いて見ると茅穂橋の方が一般的な呼び名のようなのです」

「その辺にヒントがありそうですね」

「橋は多分、京都府か京都市が架け替えたのだと思いますが、通常、橋の名は一つに決めます。後で混乱しますから…。新しく造る橋でしたら公募で名前を決めるのが流行っていますが、この橋は昔からあったものを改築しています。そうなると、やはり昔の名前をそのまま使うのが一般的です」

「おもしろいですね。一つの橋に二つの名前があるなんて」

「三千院側と住民側とで共に譲れなかった事情があったのかも知れません。妥協策として二つの名前を付けた…」

私は、自分が想像していたことを真理さんに話すと、思いついた一句を句帳に書き留めた。

秋暑し一つの橋に二つの名　常央

私達は三千院御殿門の脇の徳女の句碑を確認すると、いったん近くの店に立ち寄り昼食をとった。道すがら真理さんに挨拶をされる方が何人かいたが、この店の主ともしばらく談笑されていた。

店を出た私達は、少し進み呂川に架かる魚山橋の前まで来ていた。

「虚子一行は、宿泊していた〝ますや〟と宝泉院との行き来に先程の橋とこの橋を渡っていました」

「ここから先が旧道になります。昔、三千院の参拝者はバスを降りると、この道を通ってやってきました。ここから六百メートル程行った所に終点がありました」

「それにしても真理さんは足腰がお強いですね。私とこれだけ歩かれても息がまったく上がっていません」

真理さんは言葉には出さなかったが、「これくらいでは疲れません」と顔の表情で応えられた。そして、再び私の前に立って歩きはじめた。

「あそこに見える建物が、かつての〝ますや〟です」

「思ったより大きいですね。外装工事をしているようですが、昔もあんな感じでしたか」

「きっと復元されたのでしょう」

家の前まで来るとすぐに立て看板が目に入った。さっそく目を通すと知りたい情報の多くが記されていた。

復元された「ますや」

この建物は、明治後期の頃、三千院への拝観者を目当てに旅館として建築された木造建物です。旅館の名前は「ますや」といい、往時には、若き日の日本画家・土田麦僊が書生として住み込み、俳人として名高い高浜虚子も幾度か逗留したことがあるなど、地域では有名な宿泊施設でした。

虚子の「時雨をたづねて」の中では茶店として登場するが、やはり旅館を兼ねていたのであった。

「虚子はこの二階に泊っていました」

「そこに徳女が訪ねて来て、虚子と話をした。虚子もお母様には興味を持ったらしく、いろいろ質問をしています」

私は引き続き看板の文字を追ったが、この建物が往時の姿を出来る限り残すような形で改修され、平成十三年に完成したことなどを知った。

いつの間にか、私達の他にも二人の女性がこの建物の前で足を止めていた。真理さんが話しかけると、仲間を案内するために下見に来たとのことであった。彼女達が引戸を開けて中を覗いたので私達もいっしょに覗いてみた。二階に上がる階段が目の前にあったが、一階の一部がどうやら喫茶店のようであった。

家に帰ってからインターネットで調べてみると、この場所の住所は、左京区大原大長瀬町二六七で、アピエというカフェが、金・土・日と祝日の午前十時からオープンしているようであった。

私達が訪ねた日は九月二日の金曜日であったが、外装工事と重なったため臨時休業したのではないかと思われた。

「ここがかつての乗合バスの終点でした」

真理さんとはその後も大原の田園地帯を一時間ほど歩き、残っていた紫蘇畑や酢茎《すぐき》の種蒔きなどを見て回った。そして、大原から四つ目の停車場「戸寺《とでら》」からバスに乗って帰った。

バスの窓から外を見ると蜻蛉が追い掛けて来るのが見えた。

（平成二十八年十月二十三日）

（注）俳誌『桐の葉』昭和二十五年二月号に野村泊月の―『時雨を訪ねて』の頃―と題する講演筆記が残されている。その中から重要と思われる証言のいくつかを引用しておく。

①先生のお供をして来たのは高野素十、柏崎夢香の両君でありました。素十君は句作が目的でお供して来たのでありますが、夢香君は当時ホトトギス発行所に勤めて居りまして、虚子先生の文章の口述を筆記する役をしてゐましたので、そのために随行して来たのでありました。

②虚子先生の文章には、私たちのことを同行者と書いてありますが、その一人は私でありまして、大原へのバスで、狗瘻《くる》の女の子の手を握つたといふのは私のことであります。（笑声）

③大原では三千院の奥にある宝泉院といふ無住寺を借りそこで休憩することに村長に話してあつたのです。大原の村長といふのは諸君御存知の蓬矢君がそこの郡長をしてをつた時分の知り合ひで、その関係から私とも知り合つた人でありました。

④私共は句を作り、先生は原稿を口述されました。その晩はそこに泊つて翌日京都へ引揚げたのでありますが、八瀬の停留所へ降りた時、夢香君が昨夜口述された先生の原稿を大原の茶店へ忘れて来たことに気づき、次のバスでそれを取りに引返したことは、先生の『時雨を訪ねて』にも出てゐます。

祇王寺（一）

私は京都駅でいったん下車すると、そのままＪＲ嵯峨野線のホームに移動した。七月に入ると仕事で和歌山に行く用事があったので、せっかくの機会だからと思い、前日に京都入りし、十八年ぶりに祇王寺を訪ねてみることにしたのである。

私が祇王寺を初めて訪ねたのは、平成十年七月のことであった。有名な庵主《あんじゅ》・高岡智照尼は、平成六年十月にすでに他界していたが、その二年程前に『つゆ草日記』を永田書房から出版していた。この本の広告をホトトギスで見て、さっそく取り寄せてみたのであるが、その時は余り読む気もなく、本棚に突っ込んだままになっていた。

虚子の最晩年の書に『虚子俳話』があるが、こちらはすでに何回か目を通していた。そして、その中に「無季の句」と題する章がある。

祇王寺の留守の扉《とぼそ》や押せば開く　　虚　子

この句が詠まれたのは、大正十三年。虚子の記憶でも「今の智照尼が住職になる前の事であつた」としている。ちなみに智照尼が入庵したのは、昭和十一年七月のことである。

いずれにしても何かの縁でこの二つの本が手許にある以上、京都を訪ねる機会があれば、まずは祇王寺に行ってみたいと思っていたのである。

虚子の句の留守の扉は、この受付の辺りにあったのではないかと想像しながら、私は拝観料を払った。その時、一枚の色紙に目が止まった。それは墨絵の竹に智照尼の俳句が添えられたもので、値段が確か二千円程度であったと記憶している。

「また、帰りに寄ってみよう」

私はそう思いながら中に入ると、瑞々しい楓の林立する苔庭が現れた。楓の葉の粗の部分から零れ落ちる日が苔を輝かせていたが、有名な京都の庭の中では恐らく最も小さなものではないかと思われた。

祇王寺や何処《どこ》を踏んでも苔清水　智照

立ち止まらずに歩けば一分程で回れる庭ではあるが、私も他の参拝者と同じようにできるだけゆっくりとしたペースで一周した。

「申し訳ありませんが、ちょっとお話を聞かせていただいてもよろしいでしょうか」

私は、先程まで別の人と立話をしていた寺の関係者と思われる女性に声を掛けていた。

「智照尼さんが亡くなられてから、誰が庵主さんになられているのでしょうか」

「今は私、智妙《ちみょう》と申しますが、庵主を勤めさせていただいています」

祇王寺の苔庭

「それではあなたが橋本秀子さんですか」
「いえ、姉の智秀《ちしゅう》は昨年（平成九年）亡くなりました」
「ということは、妹さんのちえ子さんでいらっしゃいますか」
「はいそうです」
「庵主さんは、みな写真で見た剃髪《ていはつ》の智照尼のような姿をしているのかと思いました」

私がそう言うと、智妙尼こと橋本ちえ子さんは、若々しい笑顔を残して去って行かれた。

その後、受付で教えてもらった智照尼の墓を確認した私は、他の参拝者といっしょに仏間の祇王、祇女など、いずれも黒々とした座像を拝ませてもらった。

虚子に「嵯峨半日」と題する紀行文がある。これはホトトギス大正十二年三月号に掲載されたもので、祇王寺の留守を訪ねた時よりも少し古いものである。全集の年表を見ると大正十一年十二月七日に―「京鹿子《かのこ》」、「鹿笛」合同の吟行句会に出席、嵯峨に赴《おもむ》く。―とあるので、恐らくこの時のことを書いたものと思われるが、虚子はすでに何度かこの座像を見ていたようだ。

この木像は以前子規居士と共にこの嵯峨に遊んだ時に已《すで》に一度見てゐるし、又愚兄《ぐけい》池内如翠とも一度この寺を訪うた時見たことがあるのであるが、もう一度見度い、小さい黒い木像であつたことだけは覚えてゐるが、記憶がはっきりしない。

そして、二十歳くらいの若い尼の案内で、虚子は蝋燭《ろうそく》の火に映し出された祇王の像をまじまじと見るのである。

真黒な像であるが而《し》かも美しい、品のいい、若々しい顔であることがわかる。私は此の若々しい顔といふことを大発見をした如く眺め入る。

平家物語に登場する祇王と祇女の姉妹は、共に白拍子《しらびょうし》であるから若々しいには違いないが、鎌倉末期に製作されたこの像が、今も若々しく見えることに虚子は感激したのであろう。

そして、受付に戻ると智照尼の色紙に再び見《まみ》えたが、何となく気が引けて、そのまま買わずに帰ってしまったのであった。しかし、その後も色紙のことが気になってしまい、「こんなことなら買っておけばよかった」と後悔したのであった。

平成十年当時のことを思い出しながら、JR嵯峨嵐山駅で下車した私は、近くで借りた自転車を京の薫風に漕ぎはじめた。

（平成二十八年十一月二十七日）

祇王寺（二）

JR嵯峨嵐山駅近くで自転車を借りた私は、地図を見ながら目的地に向って快適に走らせた。そして、落柿舎《らくししゃ》を右手に通り過ぎると左手に見える二尊院の前まで来ていた。ここには共に虚子の句碑があった。落柿舎の方は—凡そ天下に去来ほどの小さき墓に参りけり—。そして、二尊院の方は—散紅葉ここも掃きゐる二尊院—であった。

もし、時間に余裕があれば帰りに寄ることにして、私は先を急ぐことにした。

二尊院の総門の少し先で道は丁字路になるが、そこを左折してゆるい坂を上って行くと祇王寺への道標があった。矢印通り左折していったん狭い道を通り抜けると正面に祇王寺の閉ざされた山門が見えてきた。それは、とても山門とは思えないような華奢《きゃしゃ》なものであった。祇王寺の前の坂は、今年還暦を迎えた私の足では少々きつかったので、あと百メートル程ではあったが、自転車を押して歩いた。

山門近くの藤棚の前まで来ると棚の上の方から扁額《へんがく》が下がっていることに気付いた。茶色の板に白字で刻まれた文字は、「祇王寺」とはっきり読めたが、左端に智照尼のサインがあった。もし台風の直撃でも受ければ飛ばされてしまうのではないかと少々心配になったが、できれば山門に掲げて欲しいと思った。

祇王寺の留守の扉や押せば開く　虚子

この祇王寺で詠まれた無季の句として有名であるが、以前、高濱年尾の『俳句ひとすじに』（新樹社）を読んでいて、この句のできた背景について語っている箇所があることを知った。それは『虚子俳話』と同じ「無季の句」と題するものであった。

大正十三年私が学校を卒業した折り、虚子は私を連れて、京都の春に遊んだ。一日嵯峨を回り祇王寺を訪ねた。当時無住寺であった祇王寺の庭に入り、庵をひと巡りした。あと

あのだらだら下りの道で、

祇王寺の留守のとぼそや押せば開く　虚子

というのが出来たと、虚子は私にいった。宿に戻った時虚子は、さっきの祇王寺の句は無季の句だったよ、と言って笑った。中七字を花のとぼそやとすれば季題は入るが、ともいっておった。しかしそれでは満足出来ないという様子であった。

実際の作句現場に立ち会ったのであるから、年尾にとっても忘れることのできない句になっていたのであろう。ちなみに年尾は、ホトトギス大正十三年七月号に「嵯峨漫歩」と題してもっと詳しい内容の紀行文を寄せているが、こちらではこの句が無季であることに気付いたのはしばらく後ということになっていて、事実関係に食い違いが見られる。

後の話ではあるが、この句を父が大阪でさる人に請はるゝまゝに色紙に書いた。そして書いて見てから初めて句に季のない事を知つた。留守の扉を花の扉に訂正した。けれども私にはどうも物足りなくなつたやうに思はれた。父にも私にも、その時迄その句が無季であることに気がつかなかつた事を考へると、実際に滑稽《こっけい》に思はれた。

虚子は無季の句としての存在価値を認めながらも､「それは俳句ではないとした。川柳や短歌のように俳句とは別の詩という意味である。そう考えれば、虚子が仮に無季の句を作ったとしてもそう騒ぐほどのことではないのか知れない。

私はそんなことを考えながら受付を済ませたが、すでに智照尼の色紙を見ることはなかった。

「ちょっとお尋ねしますが、智妙尼の橋本ちえ子さんはお元気でいらっしゃいますか」

「ええ、お元気ですが、もうこの寺にはおられません」

「どうされたのですか」

「昨年、退職されまして今はご自宅におられると聞いています」

「別の庵主様が来られたということですか」

「いえ、現在は大覚寺の方で管理されていまして、庵主はおりません」

「何とか、ちえ子さんに連絡を取りたいのですが、住所や電話番号はお分かりでしょうか」

「こちらでは分かりませんので、大覚寺の方に直接お尋ねになってみて下さい」

元々、祇王寺は大覚寺の塔頭《たっちゅう》であった。塔頭とは大寺に所属する別坊のことである。智照尼が庵主になったことでこの別坊は、知名度を大いに上げたのであった。
私は頂戴した寺のリーフレットの智照尼の四季の句を読みながら、十八年前の夏に来た庭を思い出していた。

春…まつられて百敷《ももし》き春や祇王祇女
夏…短夜の夢うばふものほととぎす
秋…五十年の夢とりどりの落葉かな
冬…祇王寺と書けばなまめく牡丹雪

高岡智照の墓

庭を一巡した私は、引き続きまだ誰もいない六畳程の仏間に上がらせてもらった。そして祇王、祇女、その母の刀自《とじ》、その他にも大日如来や平清盛、佛御前《ほとけごぜん》など全部で六体の木像に見《まみ》えた。
仏間続きの四畳半程の控の間から涼しい風が流れてきた。円形の大きな吉野窓の方を眺めたが、風は残念ながら扇風機からのものであった。

私は、扇風機の前に陣取ると、弱から中を飛ばし強に切り替えた。ほんの数分で上半身から汗が引いたが、しばらくすると他の参拝者が数名入ってきたので風を元に戻した。

それから智照尼の墓に詣でたが、下の方から苔が這い上がるように「比丘尼智照」と刻まれた文字を隠し始めていた。墓の高さは一メートル強、質素なものであった。

智照尼は『つゆ草日記』以外にも『花喰鳥《はなくいどり》』などの自伝を書き残していたので、それを読めば大方の人生を知ることができる。しかし、起居《たちい》を共にしたのは、智照尼の養女となった橋本秀子、そして秀子の養女となった橋本ちえ子だけである。実はこの二人、血を分けた本当の姉妹なのであるが、十七歳の開きがあった。

私は智照尼を側で支えた最後の一人、ちえ子さんに再び会えることを祈りつつ墓に掌を合せた。

（平成二十八年十二月十八日）

祇王寺（三）

私が智照尼の最期を看取った橋本ちえ子さんにお会いしたのは、平成二十八年九月二十二日のことであった。

「わざわざ祇王寺までお呼び立てして申し訳ありません」

「車で来ればそう遠くはありませんので…」

「体調がすぐれず、平成二十七年の十月いっぱいで退職させていただきました」

「それは残念です。平成十年に来た時に初めてお会いしましたが、若々しい笑顔が印象的でした（笑）。その時、お姉さまはすでにおられませんでした」

「姉の秀子は智照尼の後を継いだのですが、平成九年に六十四歳で亡くなりました」

「その後をちえ子さんがお継ぎになった。失礼ですが、ちえ子さんは昭和何年生れでいらっしゃいますか」

「私は二十四年生れです。姉が七年ですから十七歳の開きがあります」

「智照尼の書いたものを見ますと、戸籍も転々としたようですが、十二歳の時、高岡の家から離れ橋本常次郎の養女として、最後は橋本智照に落ち着いたようです。もちろん、筆名は高岡智照ですが…。その本籍の橋本姓を継がれた訳ですね」

「はい、そうです。養女になる前は岩佐でした」

「その岩佐家についても智照尼が書き残していますね。――岩佐家の当主は秀子、ちえ子の長《ちょう》兄《けい》であり、二人の息子たちは立派に家業に勤《いそ》しみ、とにかく男手が揃っている家なので、何かにつけ、男手のない祇王寺は岩佐家の世話になっている――と」

「実家が近いので親類づき合いをしていました」

「ホトトギスの同人でもあった智照尼は、平成六年十月二十二日に満九十八歳で亡くなられていますが、最期を看取られたのは、秀子さんとちえ子さんですか」

「はいそうです。実は亡くなる少し前に転んで肩を骨折して入院しておりました。いったん祇王寺に戻ったのですが、数日後に眠るように息を引き取りました」

「それは知りませんでした。もし転んで怪我をされなければ、百歳まで生きられたのではないでしょうか」

「その可能性はあったと思います」

私達は話しながら智照尼の墓の前まで来ていた。

「お姉さまの墓はどこにありますか」

「庵主さんのお墓にいっしょに眠っています」

「そう言えば、比丘尼智照と刻まれた右に少し小さ目の字で比丘尼智秀と読めますね」

「私もこの墓に入る予定です。すでに左側に智妙と刻んであります。まだ生きているので、比丘尼は付いていませんが（笑）」

「この様な貴重な情報は、実際に関係者に会って話を聞いてみないと得られないものです」

「お役に立てば何よりです」

「あと、智照尼の色紙のことですが…」

「主なものを選んできましたのでご確認下さい」

私達は寺を出ると近くの茶店に入った。茶店の若い女性たちは、ちえ子さんのことを知っているようであった。

「この色紙が当時受付で販売していたものです。竹の絵と俳句は智照尼の直筆を印刷したものですが、落款《らっかん》はすべて本物です」

「買わずに帰ったものですから、しばらく後悔しておりました（笑）」

二本の竹が水墨画で描かれていたが、添えられた俳句は—幻想は青き影引き夏の星—であった。そして、最も見たかった色紙もその中にあった。

智照尼は『つゆ草日記』の中で次のように書いていた。

み仏への供華料、お線香の施代に「色紙」の頒布《はんぷ》をして、少しでもみ仏への供養の足しになれば、と思い立って続けている。句は虚子先生の選に入った句の中から、四季の句を選んで書いている。祇王寺を詠んだ句の他、自分の好きな、

美しきものはみな夢秋の声

を色紙の中央に、「夢」の字を大きく書き、美しきものはみな――秋の声と散らし書きにする。この「夢」の句がよく売れて、十枚ぐらい書いて置くと、いつの間にか無くなってしまう。

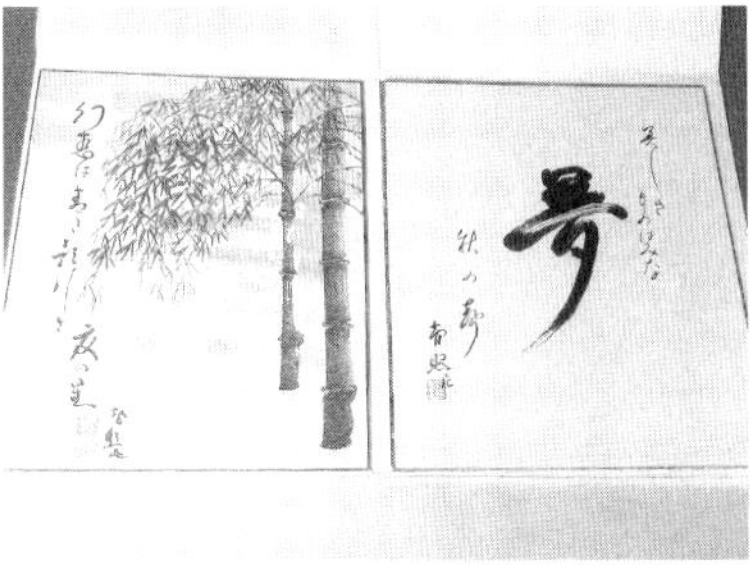

智照尼の色紙
(左)幻想は青き影引き夏の星
(右)美しきものはみな夢秋の声

実際に見ると、色紙の中央に「夢」の字を大きく置いて、その字を挟むように右上から下に小さな字で「美しきものはみな」と書き、今度は夢の左下に「秋の声」と置いたものであった。

「このことは自伝を読むとよく判るのですが、智照尼は俳句によって救われたと思います。日記の中でも—仏様に嘘を吐いても、俳句に対して嘘を吐いた覚えはない—などと啖呵《たんか》を切っています（笑）。そして、虚子に対しては実に従順でまるで仏様に帰依《きえ》するような心持でいたようです」

私は二枚の色紙を写真に撮らせてもらいながら、ちえ子さんにそんな話をした。そして、思い出したかのようにもう一つの質問をしてみた。

「これは、ちょっと聞きにくいことなのですが…智照尼は若い頃、情夫への義理立てに小指を詰めたことで話題になりました。海外のメディアにも、ナイン・フィンガー・ゲイシャ（九本指の芸者）として取り上げられたようですが、実際のところ指はどうなっていたのでしょうか」

「本人はまったく隠そうとはしませんでした。左手の小指の第一関節から先が無くなっていました」

「小指の三分の一ほどを切ったということですね。有名な事件ですから、変に隠す必要もなかったのでしょう。これで疑問に思っていることの多くが解決しました」

私は抹茶を呑み干すと、ちえ子さんに礼を言った。空を見上げると秋雨前線の影響か、今にも降り出しそうな気配であった。

私は自転車に跨《またが》ると急いで祇王寺の坂を下った。

（平成二十九年一月二十一日）

（注）橋本ちえ子氏の実家・岩佐家は、現在も嵯峨二尊院門前往生院町で岩佐瓦店を営んでいる、

第三章　虚子と小諸

爛々と

駿河湾《するが》が一望に見渡せる薩埵峠《さった》から、さらに山の中へ十分ほど車を走らせると、突然一本の傾いた電柱が現れた。ここは、地すべり防止工事を担当しているA君の現場であった。

「須藤さん。あれが、わが職場で評判のピサの電柱です」

「ピサの斜塔でなく電柱とはねー。やや風情に欠けると思うが、我々二人だけで見るのも惜しい気がする。ところで、もう沈下は止まったの？」

「沈下というよりは、一年に数ミリですが、横方向に活動しています。数ミリといっても十年も経てば、あのコンクリートの土留壁《どどめへき》の亀裂のように目で見てはっきりと分かるようになりますから怖いですよ」

A君の仕事は、深さが三十メートルもある井戸をいくつも掘り、地すべりの誘因《ゆういん》となっている地下水を集めて抜いてしまうというものであった。私達は車から降りると、蜜柑畑の耕作道を一列に歩き始めた。

「地下水を抜いたくらいで、地すべりが止まるものなのか？」

私は再びA君に話しかけた。

「できれば、数十メートル下にある地すべりの滑り面から上の土を全部取ってしまう外科手術がしたいのですが、山一つ全部取ってしまうような話になってしまい、現実的には対応困難です」

「ということは、防止工事というよりは抑止《よくし》工事といったほうがよさそうだ」

「おっしゃる通りです」

A君の後姿と話しながら坂道を二分ほど進むと、蜜柑畑の中に直径が三メートル以上もある大きな井戸が現れた。

「これは昭和六十年代に完成した井戸ですが、追加工事を行いましたので、ちょっと底まで降りてきます」

そう言うとA君は、仮設の工事用のライトを点け、落下防止のための鉄格子《ごうし》状の井戸の蓋《ふた》の一部を開けた。いっしょに中を覗くと、シダ植物が側壁の浅い所にいくつも生えているのが見えた。

「へーえ、すごいもんだね」

私が感心したように言うと、

「えー、そうなんです。工場で製作した鉄のプレートを何十枚も組み合せて作った井戸なんですが、わずかの隙間を見つけて生えてきてしまうんです」

「この調子じゃあ、もっと下の方には菌《きのこ》が生えているかもな」

「いや、実際に梅雨の時期には生えますよ。うす気味悪くて、とても一人では中に入る気になれませんが…」

A君はそう言うやいなや、井戸の底に通じるタラップを降りはじめた。彼が五メートルドの最初の足休めのための踊り場まで到着したのを見届けると、私も恐る恐るタラップに足を掛けた。一歩降りるごとに、下の方の側壁に開けられた無数の小さな穴から地下水が流れ落ちる音が、次第に強く耳に残るようになった。私は何とか十メートル下まで降りて二番目の踊り場からさらに下を見ると、彼はすでに最下段の踊り場に達していた。

「おーい、下の様子はどうだい」

「地下水がよく出ています。この分なら効果もかなり上がるでしょう」

彼の声は、流れ落ちる地下水より強く私の耳に響いた。

虚子は、昭和十九年九月四日から二十二年十月二十五日まで長野県の小諸に住んだ。いわゆる疎開《そかい》であったが、その間にたくさんの名句を残した。その中で、多くの俳人が想像力を駆使しつつ饒舌《じょうぜつ》とも思えるほどに鑑賞した次の作品があった。ある意味、一番人気である。

爛々と昼の星見え菌生え

この句は、虚子の句日記によると、昭和二十二年十月十四日の句会に出されたもので、「長野俳人別れの為に大挙し来る。」の添書がある。

実は、その句会に臨場した虚子門の碩学《せきがく》・村松紅花《こうか》（友次）氏が、この句のできた背景を書き残している。それによると、当日参加した長野の俳人のうちの一人が、深い井戸を覗いた折り、昼であるのに底に溜まっていた水に爛々《らんらん》と星が映り、途中の石積みの間に菌が生えていたという話を虚子にした。虚子はその話を黙って聞いていて、一句にしてしまったというのである。

「句ができない時は、なるべくおしゃべりな人の横で話を聞いていると、意外に面白い句ができます」

私は吟行会の時によくこんな話をするが、実はこれも立派？な作句法で、虚子の得意とするところであった。


「おーい、菌はどうだい」

「菌はちょっと見当たりません」

そのまま踊り場にとどまっていると、大豆《だいず》ほどの大きさの滴が時折り私のヘルメットを打った。

「おーい、もう一つ悪いが…星が井戸の底に映っているかどうか見てくれないか」

「えー、何ですって」

「星だよ。昼間の星だ!」

「そんなもの映っていませんよ。映っているのはライトだけです」

「そうか、ありがとう。実は、高浜虚子の句を思い出してなあ。確か、A君も俳句には興味があると…」

「ええ、多少はありますが、虚子のどんな句ですか」

「―爛々と昼の星見え菌生え―というやつだ」

「どこかで聞いたような句ですが、でもまさか井戸の中を覗いて作ったわけではないでしょう」

「いや、そのまさかなんだ。ただし、虚子が覗いたわけではなく、井戸を覗いた人の話を聞いて作ってしまったというのが、どうやら真相のようだ」

「へーえ、人の話を聞いただけで、こんなすごい句を作ってしまうんですか。やはり虚子は達人ですね」

「そーさ。ところで、そろそろ地上が恋しくなってきたので、俺は失敬するが、A君はまだ井戸の底にいるつもりかい」

「一応、地下水の確認はできましたが、せっかくですから、もう少し虚子の句を味わってから出ることにします」

地上に出た私は、再び井戸の中を覗いた。すると、工事用のライトが上ってくるA君の姿をとらえていた。

（平成十年三月二十九日）

（注）「爛々と…」の句の背景は、村松紅花著『続花鳥止観』（永田書房刊）に詳しい。

なつかしき

今年の関東ホトトギス大会は、妙義山《みょうぎさん》を望む群馬県の磯部《いそべ》温泉で三月十一日に開催された。私の故郷での開催ということもあり、何とか参加したいと思い、三月九日から十一日までの三日間の旅程を組んだ。

九日は金曜日であったが、せっかく行くのであればこの際、少し寄り道してみたいところがあったので、仕事の方は休暇を取ることにした。

ホトトギスは、昭和六十三年八月号をもって一千百号を迎えた。その記念行事の一つとして、今は亡き瀬在苹果《へいか》さんを中心とする長野ホトトギス俳句会が、虚子ゆかりの長野県小諸《こもろ》市に句碑を建立した。

当時私は、たまたま古本屋で見つけた虚子の『小諸百句』を読んでいたので、案内をお送りいただいたのも何かのご縁だと思い、さっそく参加を決めたのであった。

句碑の除幕式は、平成元年三月十二日に行われたが、場所は小諸の懐古園《かいこえん》で、初めて来る土地であった。ただ、私の育った群馬県に近かったので、そう遠くまで来たという感じはしなかった。確か、途中から北海道の依田明倫《めいりん》さんが加わって、虚子庵の案内や展示されていた虚子の句屏風《くびょうぶ》の解説をされていたが、私は初めて見る屏風の十二句に圧倒された覚えがある。

　この虚子の六曲一双句屏風は、昭和二十二年秋、三年以上暮らした小諸を去るに際し、世話になった小山栄一氏への礼として書かれたものであることを知ったが、そのどれもが虚子の代表的な作品であった。

　建立された句碑は、小諸百句の四番目に出てくる「紅梅や」の句であったが、改めて懐古園にふさわしい作品であると思えた。ただ、これは後で分かったことであるが、句集の下五の「なつかしく」に対し、句碑の方は「なつかしき」であった。

　その後も何度か機会はあったが、小諸を訪ねたことはなかった。しかし、虚子の小諸時代の弟子の一人であった村松紅花氏とのご縁で、ここは一つ行かねばなるまいとの思いを強くしたのであった。

　平成十七年に三省堂から『現代俳句大事典』が出版された。それには稲畑汀子先生が監修に加わっておられたが、その下で今井千鶴子さんが編集委員を担当されていた。

　私は千鶴子さんの下で執筆者の一人に加えられたが、どういう巡り合せか、私の担当の俳人の中に村松紅花（友次）氏の名前があった。

予《かね》てから俳話などを通してご尊敬申し上げていたが、俳文学の研究者としても一流の方であった。その紅花さんが、汀子選の雑詠に投句されるようになってからというもの、私は紅花さんを身近に感じるようになっていた。

事典の執筆については、紅花さんにその旨を連絡したが、何分多忙な方なので、「必要な資料等があれば彼女に頼むように」とのことで、お弟子さんでホトトギス同人の関木瓜《もっか》さんをご紹介下さったのであった。資料等はさっそく木瓜さんにお願いして、短いながらも紅花さんの解説を無事済ますことができた。その紅花さんのご尽力もあり、平成十二年三月に小諸高浜虚子記念館がオープンしたのであった。

その後も毎年開催される「虚子・こもろ全国俳句大会」に行けば、紅花さんにお会いできると思いながらも、結局一度も参加せず、紅花さんは、平成二十一年三月十六日、遂に帰らぬ人になってしまった。

「紅花さんも常央さんが来てくれたことをきっと喜んでくれていますよ」
「美紀子さんが、紅花さんをご存知とは知りませんでした。これも俳縁ですね」
「ほら、あそこに見えるのが虚子の句碑よ」

懐古園に同行してくれた藤沢市在住のホトトギス同人・小田島美紀子さんが、迷わず句碑に案内してくれた。彼女はこの懐古園には何度も来ているとのことで、私には頼もしい助っ人であった。

「二十三年前に来た時より大分変りましたね。その時も懐古園をくまなく歩いたのですが、今では句碑の場所の見当もつきません」

懐古園の虚子句碑
―紅梅や旅人我になつかしき―

私は、より整備され清潔感を増した懐古園にやや戸惑いを感じながらも、美紀子さんと並んで句碑の前に立った。

「あッ！これだ。句碑は昔とちっとも変っていません。確か、裏面に建立の日があったと思いますが、柵があったのでは中に入れませんね」

「除幕式の時、柵はなかったのですか」

「あの時は、裏を確認しましたので柵はなかったと思いますが、いま一つ記憶がはっきりしません。でも、こうして句碑に再会できましたので満足です」

紅梅や旅人我になつかしき　虚子

私は、句碑に佇みながら除幕式にいっしょに参加した吉村ひさ志さん、上和田哲夫さん、浅野右橘《ゆうきつ》さん、平野龍風《りゅうふう》さんなど、もう故人となられた方達をなつかしく思い出すのであった。

（平成二十四年四月三十日）

春の雪

私は、平成二十四年三月九日に長野県の小諸を訪ねた。それは、二十三年ぶりのことであった。平成十二年には、小諸高浜虚子記念館がオープンしたことも知っていたが、訪ねる機会を逃《のが》していた。

「記念館には句会のできる部屋はありますか」

「一部屋ありますが、二十人くらいなら大丈夫ですよ」

「もし、三月九日が空いているようでしたらお借りしたいのですが」

「空いていますのでどうぞお出かけ下さい」

記念館には様子見《ようすみ》のつもりで電話をしたのであるが、句会ができる部屋があると聞いて、私はさっそく予約を入れたのであった。

翌日、群馬県開催の関東ホトトギス大会の前日句会を控えていたが、思いあたる人達に案内を出しておくと、地元の寺島きよ子さん、寺島和喜さん、田中延子さんの他に茨城の加藤宗一さん、神奈川の小田島美紀子さんが、雨の中を記念館まで足を運んでくれた。

午前中は、たまたま小諸駅でお会いした美紀子さんと懐古園の虚子の紅梅の句碑を訪ねたが、柵があったために碑陰《ひいん》まで確認できなかったことが心残りであった。

宗一さんも小諸は初めてとのことだったので、偶然記念館でお会いした静岡の戸井青峯《せいほう》さんを加え、私達四人は整備された「虚子の散歩道」を歩いてみることにした。

記念館周辺には、散歩道伝いに虚子の句碑が五基あったが、記憶に残っていた八幡神社の句碑だけは、どうしても訪ねてみたいと思っていたのであった。

立科に春の雲今うごき居り

私は、この句の収録されている『小諸百句』を古本で読んだが、小諸時代の生活が記録されている『小諸雑記』は、毎日新聞社版『定本高浜虚子全集』第九巻で読んだ。そして、その巻の付録の月報の中に句碑を見つめる虚子の後姿の写真があることに気付いたのであっ

八幡神社の虚子句碑
—立科に春の雲今うごき居り—

た。これまで、虚子の後姿を写した写真を見たことがなかったので、その先にある句碑は…と興味を持って写真の解説を読むと、それは立科の句であった。

私がこの句碑に初めて見《まみ》えたのは、懐古園で紅梅の句碑の除幕式のあった平成元年三月十二日のことで、虚子の後姿はこの辺りかと写真の情景と重ねながら句碑の前に立ったことを今でも懐かしく思い出すのであった。

また、これは後で気付いたことであるが、句の表記が小諸百句では—蓼科に春の雲今動きをり—となっていたが、句碑の方は、—立科に春の雲今うごき居り—であった。

碑陰には何も残されていなかったので、いつ建立されたものか、その時は分からなかったが、手持ちの資料で調べてみると、この句が作られたのは昭和二十年三月十一日、そして句碑の除幕式が昭和三十年十一月二十四日に行われていた。もしかしたら、月報の写真はその時のものではないかとも思われたが、句碑と虚子の他には誰も写っていないので、確かなことは分からなかった。

句碑巡りの最後に八幡神社に辿り着いた私達四人は、広い境内に少し迷ったが、すぐに句碑を見つけることができた。私は思い出の句碑に再会したが、また同じように虚子の後姿を想像しながら句碑の前に立った。

記念館に戻ると館長の斉藤さんと事務の前田さんが迎えてくれた。句会場を借りただけなのに茶菓子の他に長野県名産の林檎《りんご》や野沢菜《のざわな》の漬物まで用意して私達を持て成してくれた。七人だけの小句会は、一時間程で終了したが、私は将来また懐かしく思い出すに違いない何か心温まるものを感じていた。

「あら、雪が降っているは」

美紀子さんの言葉に外に出てみると、小諸は雨から春の雪に変っていた。

「この分では、軽井沢は大雪ですね」

私の言葉にみな頷《うなず》いたが、私と美紀子さんと宗一さんは、明日からの大会に参加するために軽井沢の駅前のホテルを予約してあった。青峯さんも今日は軽井沢に一泊されるとのことであった。

「宗一さんと美紀子さんはどうぞお先に、私は懐古園の虚子の句碑をもう一度見てから行きます」

私はそう言うと、寺島きよ子さんのグループの車に同乗させもらい懐古園まで送ってもらった。午前中に美紀子さんと歩いた懐古園は、雪景色に変っていた。雪の中を誰もいない懐古園の句碑にようやく辿り着いた私は、柵を乗り越えると、積ったばかりの雪を払い碑陰の文字を確かめた。

高濱虚子先生句碑建立実行委員会
長野ホトトギス俳句会
平成元年三月十二日建之

記憶は曖昧であったが、やはり句碑の裏には確かな証拠が残されていた。
「これでやっと一日が終ったな」
心の中でそう言うと、私は碑陰の文字が再び雪で隠れるまでその場に佇んでいた。

（平成二十四年五月二十七日）

第四章　虚子と三河

石川喜美女

私は、五十枚近い同じ作者の短冊に目を通したが、ひとまずその中から次の二句を選んでカメラに収めた。

藤 房 の 長 き 花 瓶 を 高 く 置 く

とりとめし命まもりて春を待つ

「藤房の句はいいですね。喜美女さんにもこんな写生句があったのですね」

「その句、私も好きだわ」

「春を待つ―これが問題の句ですね」

「そうなのよ。短冊が見つかってよかったわ」


愛知県刈谷市のホトトギス同人・石川風女《ふうじょ》さんを訪ねたのは、平成十四年三月十六日、土曜日であった。喜美女の親戚であった風女さんは、喜美女亡きあと俳誌「樟」を引き継ぎ、現在も毎月発行を続けていた。

私が、石川喜美女を初めて知ったのは、『虚子俳話』においてであるが、本文中に二度登場する。その最初が「客観写生」と題する章で、虚子は喜美女の手紙を紹介し、俳句によって人生の客観的態度が培《つちか》われる一例を示したのであった。差出人を○○○女としていたので、いったい誰のことなのか気になっていたのである。

しかし、その後、ホトトギス昭和三十五年六月号に掲載された矢野蓬矢《ほうし》の「俳句に生きる」と題する一文に出会い、差出人が喜美女であることを知ったのであった。

そして、次に登場するのが、「自ら慰め唯励む」と題する章で、虚子は俳話の最後に実名で喜美女の句を紹介していた。

牛乳《ちち》配る今日秋風と思ひつゝ、
凍る手を頬に温めて牛乳配る

それからというもの、『虚子俳話』を読む度に喜美女のことが気になり、とうとう風女さんに頼んで句集などの資料を送ってもらい、『桑海《そうかい》』平成十四年三月号に彼女のことを少し書いたのであった。

風女さんには、掲載前に目を通してもらいたいと思い原稿を送ったところ、さっそく電話があった。

「常央さんが引用された作品のうち三句は、喜美女自身のことではなく、実は、喜美女が私を写生したものなのよ」

「えッ！本当ですか。それは新情報ですね。矢野蓬矢さんも喜美女のことだと思われていますね」

「蓬矢先生の書かれたのは、昭和三十五年でしょう。その頃はまだ詳しいことまでは、ご存じなかったのよ」

「そうでしたか。あくまでも作品から、喜美女の夫君は病弱のようだと思われたのですから無理もありません。虚子も最初は、喜美女が未亡人だと思っていたくらいですから…でも、元気なご主人がいることが分かって、後で訂正されたようです」

「俳句っておもしろいわね」

風女さんの受話器から流れてくる大きなしっかりとした声は、私の喜美女への興味をさらに誘った。なお、風女さんから指摘の三句は次の通り。

療養の夫に夜なべの母娘かな

夫の留守まもりつゞけて夜なべかな

とりとめし命まもりて春を待つ

そして、風女さんのご主人が、虚子と同じ昭和三十四年に他界されたことを知ったのもその時であった。

数日すると、風女さんからまた電話があった。

「あれから少し気になって、喜美女にもらった短冊を調べてみたんだけど、待春の句が出てきたのよ。やはり、あの当時、私への励ましの意味で作ってくれた句だと実感したわ」

「それは是非、一度拝見したいですね」

「いつでもいらっしゃい。他にも見せたいものがあるから」

紫雲寺の喜美女句碑
―虚子の世を恋ひつゝけふも炉にひとり―

私は「樟」の発行所で、次々に目の前に出されるホトトギスゆかりの俳人の墨跡を半ば溜息をつきながら眺めていた。そして、改めてホトトギスの歴史の一齣《ひとこま》を垣間《かいま》見たような気がした。

虚子の世を恋ひつゝけふも炉にひとり　　喜美女

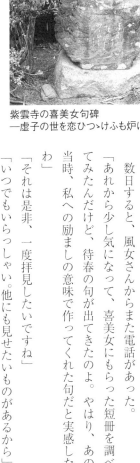

「この色紙は、先ほど紫雲寺の庭で見せていただいた句碑に刻まれた作品ですね」

私はそう言うと、再びシャッターを切った。生前、虚子に会うことの叶わなかった喜美女の淋しさが伝わってくるような一句であったが、その事は言葉に出さなかった。

私はまだ見足りない思いに駆られたが、帰りが遅くなるといけないと思い、そろそろ発行所を失礼することにした。

翌日できあがった写真をめくっていると、喜美女の小さな句碑を守るように咲いていた雪柳の白さに思わず手が止まった。

（平成十四年三月三十一日）

岡田耿陽と百句塔

私は、ＪＲ蒲郡《がまごおり》駅の一つ手前の三河三谷《みかわみや》駅で降りると、改札口で立ち止まり駅員に話しかけた。

「金剛寺までは、歩いてどのくらいかかりますか」

「子安《こやす》大師のある寺ですね。途中から坂道になりますから、歩くと三十分以上かかると思います」

自動改札ではなかったので、私は駅員に切符を手渡した。

「それなら、タクシーで行くことにしましょう」

「どうぞ、よろしければこれをお持ち下さい」

私は、駅員から頂戴した観光マップを手に、駅前でタクシーを拾うと行先を告げた。

「子安大師のところでよろしいですか」

「初めて来たものですからよく分かりませんが、この写真の山門の前で停めて下さい」

私はそう言うと、刈谷市在住の石川風女さんからお送りいただいた俳誌「樟」（平成十四年五月号）に掲載された金剛寺本堂の山門の写真を運転手に見せた。

「ああ、ここでしたら子安大師へ行く途中にあります」

「子安大師というのは？」

「私も詳しいことは知りませんが、子を授かりたい人や安産を願う人のために、昭和のはじめの頃、名古屋のお金持ちの信者の方が、工費を寄進されたそうです。高さが三十メートル近くあります」

「どんなお姿ですか」

「弘法大師が赤ん坊を抱いている姿です。山門から歩いてすぐのところですから、立ち寄ってみて下さい」

タクシーは弘法山の坂道を上りはじめたが、二分ほど行くと、もうそこは金剛寺本堂の山門であった。

「あッ、あれがそうです」

私はタクシーが停まるのとほぼ同時に、山門近くの若楓の下闇に百句塔らしきものをとらえていた。

平成十二年に角川書店から『名句鑑賞辞典』が発行された。私もホトトギスで育った作家三名の作品の鑑賞を担当したが、その中に岡田耿陽《こうよう》がいた。

私が耿陽の名をはじめて知ったのは、もう十年以上前になると思うが、古本屋で買った虚子著『立子へ』であった。この中で虚子は、自ら書いた「耿陽句集の序」を取り上げ、写生に対する考え方を平易な言葉で語っていた。

耿陽の耿の字が読めず、漢和辞典を引いた覚えがあるが、当時活躍していた四Ｓ（水原秋桜子・高野素十・山口誓子・阿波野青畝）などに比べれば、幾分知名度は低いように思われた。

しかし、『立子へ』に登場する程の作家は、やはり只者《ただもの》ではなく、ホトトギスの課題句の選者の一人にも選出され、当時、海の俳句の第一人者と言われる程の実力者であった。

漂へるもの、かたちや夜光虫

鑑賞ではまず耿陽の代表句ともいえる夜光虫の句を取り上げたのであるが、この作品は、帝国風景院賞に選ばれた二十句中の一句であった。

ホトトギス昭和五年十月号に「日本新名勝俳句大募集」の広告が載った。応募総数十万三千余句の中から最終的に虚子によって選ばれた作品であるが、この句はホトトギス昭和五年九月号の雑詠にすでに入選しているので、日本新名勝俳句の募集は、未発表句に限らなかったようだ。

二十句の中には他に、昭和を代表するような作品が並んでいたが、その中のいくつかを紹介しておこう。

谺して山ほととぎすほしいまま　杉田久女
啄木鳥や落葉をいそぐ牧の木々　水原秋桜子
滝の上に水現れて落ちにけり　後藤夜半

　さみだれのあまだればかり浮御堂　阿波野青畝

　また以前、石川喜美女のことを調べに石川風女さんを訪ねた折り、頂戴した資料の中に虚子選百句塔の資料があったが、これは岡田耿陽を中心とする竹島会が、虚子の三回忌を記念して昭和三十六年に建立したものであった。

　私は、タクシーの運転手に礼を言うと、さっそく若楓の枝をくぐるようにして百句塔の前に立った。

「なんだ、思ったより低いじゃないか」

金剛寺山門脇の虚子選百句塔

　百句塔という名称のイメージからもっと大きな立派な塔を想像していたのであるが、実物を見ると、高さが約一メートル五十センチ、円柱の石の太さも一メートル程のものであった。そして、塔を小刻みに回りながら作品を数えると、上段に五十七名五十七句、下段に五十四名五十四句、計百十一句が自筆のままに刻まれていた。さすがに虚子が――椿よし竹島会もよからずや――と詠んだ竹島会の盛況ぶりが伝わってくるようであった。

高浪の裏に表に千鳥かな　蒲郡　耿陽

下段に耿陽の句もあったが、期待していた夜光虫の句ではなかった。しかし、この作品もやはり海の俳句の第一人者らしい見事な写生句であると感心した。そして、四S華やかなりし頃のホトトギスに思いを馳せながら、そのまま百句塔の台座に座った。

「ちょっと失礼して昼飯を食べさせてもらいますよ」

そう心の中で呟《つぶや》くと、私はリュックの中から弁当と茶を取り出した。前方の空には、万緑の中から立ち上った子安観音の横顔の大きな耳が私に向けられていた。

（平成十四年六月三十日）

（注）日本新名勝俳句の募集は、大阪毎日新聞社と東京日日新聞社が共同で選定した日本新名勝百三十三景に対しての募集であった。昭和六年四月には入選句を収録した本が出版されたが、「例言」に次の記述が見られる。

一、応募句数十万三千二百七。選者高浜虚子氏は、殆んど半歳にわたつて選句に没頭され、先づ応募句より二万句を選び、次いで一万三千句を選んで一応稿本とし、これによつて更に一万句を厳選し、入選句を決定するの労をとられた。

一、帝国風景院賞入選句は、本集を通じて最も優秀なるもの二十句が推薦されたものであります。

竹島

ＪＲ蒲郡駅の南口を出て、海沿いの道を東に十五分程歩くと竹島水族館の前に出た。そして、水族館から土産物屋の並ぶ通りを抜けて行くと汐干狩の風景が広がり、その先にはこんもりとした竹島が見えた。

「潮の匂いにしては、ちょっと臭いなあ」

私は臭いを気にしながら竹島へ渡る橋の下に降りてみた。すると、光沢のある深緑色の植物が海岸線を染めていた。

「これは石蓴《あおさ》ですか」

私は思わず側にいた年配の女性に声を掛けていた。

「ええ、そうですよ」

「けっこう臭いますね」

「今はまだいいほうでしょう。湾の底に溜まって腐ると、もっと強烈に臭います」

「この辺では食用にはしないのですか」

「戦前は乾燥させてふりかけにしたり、餅に入れたりしましたが、今は余り食べる人がいません」

「そうですか。これから竹島に渡ろうと思いますが、島の周辺は歩いて回れますか」

「ええ、お兄さんの足なら二十分もあれば…。よかったら、帰りに汐干狩でもどうですか」

「そうですね。今度、家族で来た時にでも寄らせてもらいましょう」

そう言うと私は階段を上り、竹島橋を渡りはじめた。

私の調べている蒲郡出身の岡田耿陽《こうよう》は、昭和の初期からホトトギスで活躍した俳人であった。生前に『汐木』・『三つ句碑』・『句生涯』と三冊の句集を残していたが、句碑も十二基を数える。その中の一つ、耿陽の代表作ともいえる—漂へるもののかたちや夜光虫—の句碑が、この竹島にあることを『句生涯』で知ったのであった。

竹島橋は直線で四百メートル程あるが、橋を渡る間、絶えず汐干狩を楽しむ家族の声が聞こえていた。そして、橋の終点近くには、橋を跨《また》ぐ大きな鳥居があり、鳥居のほぼ中央上部に八百富《やおとみ》神社と書かれた銘板が掲げられていた。

鳥居をくぐると境内に続く階段が、やや斜めに万緑の暗さに吸われるように続いていたが、私はひとまず階段の右手前にある案内図に佇み、島全体が神社であることを確認した。八百富の他に宇賀神社、大黒神社、千歳神社、八大龍神社と四つの神社が狭い境内に同居しているのは意外であった。

私は案内図から離れると、耿陽の句碑を探すべく島のぐるりを散策することにした。そして右方向、すなわち左回りに散策道に入った。すると、私の足許《あしもと》を一斉に散るものがあった。

「ゴキブリ！」

と一瞬思ったが、よく見るとそれは船虫であった。数ミリから五センチ位までの船虫が、一歩進むごとに散ってゆく光景は、余り気持ちのよいものではなかった。散っては止まる船虫の動きは、私を絶えず監視しているようにも見えた。数匹散ることもあれば、数百匹が一度に散ることもあり、これほど多くの船虫に遭遇したのは初めてであった。

五分ほど船虫の中を歩いたが、私に踏み潰されたものは一匹もいなかった。そう断言できるほど、船虫は敏捷《びんしょう》であった。

「逃げてくれるからいいものの、一斉に足から這い上がってきたら怖いだろうなあ」

そんなことを想像しながら進むと、左手前方の茂みの中に句碑らしきものが見えた。

「耿陽の句碑かも知れないなあ」

私は、期待しながら木々の葉に隠れそうな達筆な文字を下から見上げるように追ってみた。しかし、残念ながら耿陽のものではなかった。誰の句碑か碑陰《ひいん》を確認すれば判る可能性もあったが、足場の悪い斜面だったので、登るのを諦《あきら》めそのまま先に進むことにした。

しばらく遊歩道から外れて浪の寄せる岩場を行ったが、ここにも石蓴が島全体を縁《ふち》取るような勢いで張り付いていた。結局、三十分ほどかけて島を一周したが、耿陽の句碑を見つけることはできなかった。

「おかしいなあ。島のどこかにある筈なんだが、見逃したかな」

私は岩に腰を下ろし疲れた足を休めながら句碑のありそうな場所を考えた。船虫は相変《あいか》わらず私を取り囲むように群れていたが、私が動かなければさほど目立った動きもなく、私が少し動くとまた少し動くといった様子で、次第に自分の家来《けらい》のようにも思え、幾分愛着を感じるようになった。

十分ほど休みまた歩きはじめると、これまで岩場に隠れていた数千数万とも見える船虫の大群が、今度は島の社叢《しゃそう》に向かい見る間に消えてしまった。

「潮が満ちて来るのかも知れないな」

船虫の動きが少し気になったが、再び案内図で社務所の場所を確認すると、今度は境内へ続く階段を上りはじめた。その間《かん》、社叢に消えた船虫の姿を見ることはなかった。

「ちょっとお尋ねしますが、竹島に岡田耿陽という人の句碑はありませんでしょうか」

私は、社務所近くにいた年配の宮司《ぐうじ》に尋ねてみた。

「その句碑でしたら、鳥居の近くの岩場にありました。竹島弁財天の碑が建っている所です」

「それでは、耿陽の句碑はもうないわけですか」

「いやいや、境内に建っていますよ。そこの授与所の隣にあります。ただし、二代目ですが」

私は宮司に礼を言うと、さっそく耿陽の夜光虫の句碑を確認した。そして、碑陰に回って見ると次のように刻まれていた。

昭和三十二年岡田耿陽還暦に際し
竹島会之を建てしも波の浸蝕を受け損傷す
為に此の地に再建す
耿陽書

竹島の耿陽句碑
―漂へるもののかたちや夜光虫―

昭和五十六年十二月

再び正面に戻り写真を撮ろうとすると、大きな船虫が一匹、句碑に張り付いていた。

（平成十四年八月二十五日）

海辺の文学記念館

平成十四年六月十五日、岡田耿陽の句碑を確かめに蒲郡市を訪ねた。竹島の境内で見つけた耿陽の句碑―漂へるもののかたちや夜行虫―は、日本新名勝俳句帝国風景院賞を受賞した程の名句であったが、似たような句がすでにホトトギスの雑詠（昭和三年十月号）に入選していた。それは、出羽里石の―漂へるもの、ありけり夜光虫―という作品であった。

中村草田男の―降る雪や明治は遠くなりにけり―も上五を獺祭忌《だっさい》としした句が、すでにあったことが知られていたが、それでも草田男の句は名句として後世に残った。耿陽の句も恐らく里石の句よりも優れていたから虚子に採用されたものと思われたが、昭和十五年に発行された『ホトトギス雑詠選集・夏の部』の夜光虫の所を見ると、里石の句が採用され、耿陽の方は別の夜光虫五句が採られていた。それは、虚子の里石に対する配慮とも思われた。

そんなことを考えながら、私は再び蒲郡駅に降り立っていた。

今日七月十三日は、朝から雨が降っていたが、前回果たすことのできなかった常盤館《ときわ》の跡地に建てられた文学記念館を訪ねるべくやってきたのであった。

虚子がはじめて蒲郡海岸に立ち寄ったのは、耿陽の書いた資料によれば、昭和二年八月のことで、ホトトギス昭和二年十月号にその時の関連記事「蒲郡俳句大会の記」が掲載されている。次いで、昭和十四年二月に武蔵野探勝に継ぐ日本探勝第一回吟行地に選ばれ、同人三十余名と共に再度来訪している。その時の記事が、同年四月号に掲載されているが、句会場は共に常盤館であった。

料亭常盤館は、竹島へ渡る竹島橋のすぐ近くにあったが、昭和五十七年に取り壊された。その後、平成九年に常盤館の跡地に当時の面影を伝えるべく、「海辺の文学記念館」が建設されたのであった。前回来た時には訪ねる余裕がなかったが、今回は傘を差しながら駅から竹島橋まで十五分程の道のりを散歩気分で歩くことができた。

竹島橋を渡り途中から振り返ると、右手前方に白っぽい木造の平屋が見える。これが文学

記念館であるが、万緑の厚い帯を挟んだ真上には、昔の蒲郡観光ホテルの面影を残したプリンスホテルが横たわってい
た。私は常盤館のあった方向にカメラのシャッターを数回切ると、記念館に向かって橋を戻りはじめた。

常盤苑と名付けられた公園に入ると、松が数本植えられた円形の小さな庭と四阿《あずまや》があり、記念館はそのすぐ奥にあった。辺りを窺いながら小さな屋根のついた記念館の入口の前に立つと、入場無料と書かれた案内板が目に入った。

「そう大したものもないのであろう」

と思いながらドアを開けると、

海辺の文学記念館

「いらっしゃいませ」

とさっそく声が掛かった。見ると和服姿の女性が奥から出てきたところであった。

「無料で入ってもよろしいのですか」

「どうぞお入り下さい」

「和服の女性に迎えられるとは思ってもみませんでした。雰囲気のいい記念館ですね」

「はい。少しでも常盤館の面影を伝えたいと思いまして」

客は私一人だけであったが、館内の展示品を見はじめると、気を利かせてくれたのか、彼女は私から離れた。それでも、何か質問するとすぐに答えが返ってくる距離にいてくれた。

私は館内に展示された当時の常盤館の白黒の写真を見つめた。

「当時は大きな建物で、庭続きに海があったようですね」

「ええ、当時は常盤館といえば皇室の方や文学者の方などがお泊りになられ、私ども地元の者にはとても泊まれるような所ではございませんでした。そこに、蒲郡に関係のある作品と文人の一覧がありますので、よろしければご覧下さい」

私は言われるままに壁に掲げられた文学作品および文人の一覧に目をやると、菊池寛の「火華」や谷崎潤一郎の「細雪」など、十九名の文人とその作品を確認した。そして、その中に高浜虚子の名があった。虚子は、昭和二年の常盤館の句会では、

沙魚《はぜ》釣の鵜の居る岩を遠目かな

松落葉するさへ稀に庭の面

そして、昭和十四年の常盤館の句会では、

ちよと白き春の波あり岩の鼻

春の海濁りしと思ふそれは泡
　春の波小さき石にちよと躍る

などの句を詠んでいる。特に、昭和十四年四月号に掲載された三河国蒲郡（日本探勝会第一回）の記事は、虚子自らが十ページにわたって書いた詳細なものであった。その記事の中に「蒲郡へ著いたのは四時五十七分であつた。耿陽、霞村、常盤館の三村君等の出迎を受けて一行は直ちに常盤館に向つた」とあった。この中で耿陽と霞村の名は知っていたが、三村君というのが今一つはっきりしなかった。あわよくば、この三村君の正体《しょうたい》がはっきりするのではないかとも思い、この館を訪ねてみたのであった。

「もしや、常盤館に三村という人はいませんでしたか」

「ええ、おりました。確か総支配人をされていた方だと思いますが、先程ご覧になっていた写真の下のケースに三村さん宛に来た礼状が入っていますのでご覧下さい」

私は教えられたままに見逃していたケースの中を覗き込んだ。そして、真っ先に私の目に飛び込んできたのは、虚子の礼状であった。消印は二月十二日、鎌倉から出されたものであったが、表には、

愛知県蒲郡市東海岸
常 盤 館
三 村 三 時 様
昭和参四年弐月拾参日
鎌倉市原ノ台
高 濱 虚 子

とあり、裏には僅か三行ではあるが、弱々しい文字で、

浅蜊御恵送下され有難く拝受
致しました。御礼まで。
敬　具

とあった。それは虚子の亡くなるほぼ二か月前の礼状であった。

（平成十四年九月二十二日）

第五章　虚子と川端茅舎

朴の花

六月十七日は義母の命日であった。墓のある静岡市内の東禅寺には朴《ほお》の木があって、この時分にはいつも花を咲かせていた。墓参を済ませた私は、朴の花を見上げながら一句を口ずさんだ。

朴散華《さんげ》即《すなわ》ち知れぬ行方《ゆくえ》かな

もう十年近く前のことになるが、山会の先輩で犬山城主としてもよく知られていた成瀬正俊さんから電話があった。それは、「川端茅舎の句集が見当らないので、暇を見て捜しにきてくれないか」との依頼であった。

時々、渋谷区笹塚の今のマンションが建つ前の成瀬邸にお邪魔しては、書庫の整理を手伝っていたので、だいたいの見当はついていたが、本箱にないとすれば、まだ床に結構な量が散乱していたので、その中にあるのではないかと思われた。いずれにしても、書庫の整理の過程で失せたのであれば、私の責任にもなるので、すぐに訪ねてみた。

茅舎は生前、『川端茅舎句集』『華厳《けごん》』『白痴《はくち》』と三冊の句集を残しているが、没後の昭和二十一年にも、深川正一郎編集による『定本川端茅舎句集』が出版された。虚子の茅舎への賛辞「花鳥諷詠真骨頂漢《しんこっちょうかん》」は、この句集にも収録されているが、初出は第二句集『華厳』の序に置かれたものであった。そして、茅舎自身も後記に「虚子先生から頂いた一本の棒のやうな序文は再び自分に少年の日の喜びを与えて呉れる」と書き残している。

ただ、正俊さんの捜していたのはこの本ではなく、昭和九年に玉藻社より第一句集として出版された『川端茅舎句集』であった。確かに本箱には見当らず、散乱した中にもそれはなかった。

半ば諦《あきら》めてソファーに座り休憩していると、テーブルの下にも何冊かあることに気付いた。さっそく引っ張り出してみると、その中に『川端茅舎句集』があった。私はほっとして差し出すと、それまで硬かった正俊さんの表情が、口元よりほぐれるように動いた。それ以来、茅舎の名を聞くとその日のことが懐かしく思い出されるのであった。

私が茅舎のことを初めて意識したのは、『虚子俳話』の「朴散華」と題する章に目を通した時のことであった。

朴散華即ち知れぬ行方かな

これは文中に登場する茅舎の句であるが、朴の花が散って行方がわからなくなる、とはいったいどういうことなのか…虚子は次のように書いていた。

茅舎は自分の死のことを言はず、朴散華の事を言つた。
茅舎は自分の死を客観し、草木を諷詠した。

すなわち虚子は、この句を茅舎の辞世の句と見ていたのであった。茅舎は脊椎《せきつい》カリエスが原因で昭和十六年、満四十四歳十一カ月の若さで他界したが、虚子のこの一文により忘れ得ぬ一句となった。なお、ホトトギス昭和十六年八月号の巻頭は、茅舎の次の三句であった。

父が待ちし我が待ちし朴咲きにけり
朴の花眺めて名菓淡雪あり
朴散華即ちしれぬ行方かな

また、ホトトギス昭和十六年九月号の雑詠句評会（一八六）において、虚子の次の発言があることも分かった。

茅舎終に逝く。常人であつたならばもう夙《とつ》くの昔に死んでゐるべきを、其《その》念力の強さに、よく病魔に打ち勝つて、今日まで生き延びたことは洵《まこと》に偉なりといふべきである。此句《このく》澄み渡つた心境に生れたもので、聖者の如き感じの句である。辞世の句とも見ることが出来る。朴散華仏《ほおさんげぶつ》とも称すべきか。

茅舎の辞世の句としては、翌九月号に掲載され、同じく巻頭を飾った次の三句が、時間の順序からいえば辞世に近いわけであるが、虚子の言う澄み渡った心境の朴散華の句が、より辞世に適っていることは、確かと思われた。

洞然と雷聞きて未だ生きて
夏痩せて腕は鉄棒より重し
石枕してわれ蟬か泣き時雨

その後、朴散華は、造語とされながらも講談社版『日本大歳時記』の「朴の花」の傍題《ぼうだい》に採用されるなど、俳句界では知名度の高い言葉に育っていった。

私は、また来年も義母の命日には、墓参に来ることを朴の花に約し、寺を後にした。

（平成十六年十一月二十八日）

序

『虚子俳話』の「朴散華」の章に登場する川端茅舎は、桐里《きりさと》の家で軒場《のきば》の朴の花の咲いては散るのを見ながら死の床に就《つ》いていた。桐里とは大森区桐里町のことで、現在の住所は大田区池上一丁目五の七である。

この家は、昭和三年に異母兄で画家の川端龍子が建てたもので、青露庵《せいろあん》と称していた。一生独身であった茅舎は、父信吉（号を寿山堂という）と暮らしていたが、二人の面倒は主に龍子の妻が見ていたようだ。

保存されていると何かの本で読んだ青露庵を一度訪ねてみたいと思い、山会の席でそんな話をしたところ、川口利夫さんから青露庵はもうないが、場所は分かっているので案内してもよいとの申し出があった。その時は、青露庵が無いのでは行ってみても仕方がないと思い、余り気が進まなかったが、家に帰り思い出したかのように本棚を捜すと、以前古本屋で買った『定本川端茅舎句集』が出てきた。改めてページをめくって行くと、川口利夫さんの義父・深川正一郎が、あとがきを書いていることに気付いた。

茅舎句集の発行は、一つに令兄川端龍子氏の発意によることで、私に遺稿の集輯《しゅうしゅう》を託された。生前刊行された「川端茅舎句集」「華厳」は全句高濱虚子先生の御選を経たものであるからそのまま置き「華厳」以後の全作品約三千句につき、改めて虚子先生の再選を煩《わずらわ》し、計一千句を以て定本句集とした。

高濱先生に全作品の高選を得て地下の茅舎もよろこんでゐること、思ふ。（以下略）

まだ平成にならない昭和の終り頃だったと思うが、浜松城公園の近くにある古書肆《こしょし》「時代舎」でこの本を偶然見つけた。奥付を見ると昭和二十一年に養徳社から発行されたものであった。厚さが一センチ程の手には軽いものであったが、茅舎が虚子の弟子であったことを知っていたので買い求めたのであった。さっそく表紙をめくってみると、次の五句が掲げられていた。

雑詠　　東京　川端茅舎

五月闇より石神井《しゃくじい》の流れかな

河骨の金鈴ふるふ流れかな

睡蓮に鳰の尻餅いくたびも

三寶寺池の翡翠藤浪に

渉《かちわた》る鶺の浮びて行きにけり

どことなく弱々しさの残る書体ではあるが、五句とも長さの揃った性格の几帳面さを窺わせる楷書であった。これが、茅舎の筆跡であることと、ホトトギス昭和十年七月号への投句原稿であることが下段に記されていたが、さらに句の上には虚子による朱の二重丸が付けられていた。五句とも入選という意味であることはすぐに理解できたが、調べてみるとホトトギスの巻頭を飾った作品であった。

そして、次のページには虚子の序があるが、たった一行、「花鳥諷詠真骨頂漢」とあるのみで、どうやら「カチョウフウエイシンコッチョウカン」と読ませるようであった。当時は、虚子も随分手の抜いた序を書いたものだと思ったが、この言葉が茅舎に対する最高の賛辞であったことを知った今は、茅舎と聞けば即座に花鳥諷詠真骨頂漢と頭に浮かぶようになった。

青露庵の跡地を訪ねるべく、大田区上池台の川口利夫さんの家にお邪魔したのは、平成十六年五月九日であった。五反田から池上線に乗り換え、洗足池駅で下車した私は、降り出しそうな空を見上げながら商店街を歩きはじめていた。駅から数分の所と聞いていたので、番地を頼りに進むと迷わずに着くことができた。塀で囲まれていたので勝手が分からず、最初裏口から入ってしまったが、声を掛けるとすぐに利夫さんが出てこられ、もう一つ別の道に面した正面玄関を教えてくれた。利夫さんの家は二つの道に挟まれた角にあった。

私は、平成元年から稲畑汀子先生が主催されている山会《やまかい》という文章会に参加しているが、利夫さんも私と同時期に入会された。奥様の川口咲子さんは、その前から参加されていたので、咲子さんが亡くなられた平成十四年一月までのおよそ十三年間は、ご夫婦で俳句に文章に活躍されていた。咲子さんは、ホトトギスの重鎮《じゅうちん》・深川正一郎の令嬢であった。一男二女に恵まれ夫婦して三人の消息をよく書かれていたが、今はそれぞれ独立され、利夫さんはこの家を一人で守られていた。

「大学在学中にアルバイトでこの家に来たのが、きっかけでね」

「どんなアルバイトをここでされたのですか」

「正一郎は、生前『冬扇《とうせん》』という俳誌を出していたんだが、その発送の手伝いに来ていたんだ」

「咲子さんとの出会いもここですか」

「それが縁だったのかも知れないね」

利夫さんは遠慮がちに、しかし懐かしそうに語ると、私を正一郎の使っていた書斎に案内してくれた。寄贈等で多くは残されていなかったが、その中に茅舎の句集が何冊か目に付いた。

「この玉藻社から発行された『川端茅舎句集』は、以前、成瀬正俊さんの所でも見ましたが、初句集ということもあって結構な値段がついているようです」

「正一郎は、茅舎や兄の龍子とも親しかったから、龍子の絵手紙なども随分残っていてね、世話になった人達に分けてあげました」

「この句集は私も持っています。確かお父様の深川正一郎が、あとがきを書いていますね」

そう言うと、私は本箱から『定本川端茅舎句集』を取り出した。ぱっとめくると、花鳥諷詠真骨頂漢の大きな文字が目に飛び込んできた。


（平成十六年十二月十八日）

青露庵

川口利夫さんと川端茅舎の旧居・青露庵《せいろあん》を訪ねたのは、平成十六年五月九日のことであった。東急池上駅で下車した私達は、「本門寺通り」と朱で書かれたゲートをくぐると、そのまま奥へ進んで行った。十分ほど歩いたであろうか、前方の小高いひと固まりの新緑が迫ってきた。恐らくそこが本門寺であろうと予想しながら進むと、百段はあると思われる幅の広い石段の前に出た。

私達は一呼吸おくと、さっそく上りはじめた。新緑の頂近くまで上り詰めると視界が展《ひら》け、正面の大きな堂が目に入った。

「龍子の龍を見ていきましょう」

利夫さんの言葉に促されて堂の中に入ると、私達は薄暗い天井画を見上げた。

川端龍子の龍といえば、もっと力強いものを想像していたが、この龍は輪郭のはっきりしない、今にも雲に変化《へんげ》してしまいそうな弱々しいものであった。

「これは龍子が最期に描いた未完の龍でね、眼は弟子が入れたと言われているんだよ」

「龍子の龍は以前、伊豆の修禅寺の宝物殿でも見ましたが、もっと迫力のあるものでした。

でも、未完成の龍では仕方ありません」

私は利夫さんの言葉に首肯《しゅこう》したが、最期の力を振り絞って描いたであろうこの龍に、龍子の執念のようなものを感じていた。ちなみに龍子は、昭和四十一年四月十日、八十歳で亡くなっている。

龍子は、異母弟であった茅舎のよき理解者で、昭和三年に当時の大森区桐里町に家を建て、父信吉と茅舎を同居させていたが、その家を青露庵と称していた。

龍の天井画のある祖師堂を出た私達は、一際《ひときわ》目立つ五重塔を仰ぎながらその横のアスファルトで舗装されたゆるやかな坂道を下りはじめた。繁茂《はんも》した樹々の枝が覆いかぶさるように道まで伸び、前方の視界を狭めていたが、歩くには心地よかった。

下り坂が終ると今度はコンクリートで舗装された急な上り坂に変わり、左手には高い塀が百メートル程続いていた。息を弾ませながら坂の頂に立つと、周辺は閑静な住宅地であった。道はまたアスファルト舗装に変わっていたが、そのまま丁字路の突き当たりまで行くと、利夫さんの足が止まった。

「ここが目的地です」

池上駅から三十分近く歩いたであろうか、私達は小さな躑躅《つつじ》の植え込みに建てられた石碑の前に立っていた。石碑の正面には、「茅舎旧居　青露庵」とあったが、その側面には、茅舎の―玉芒ぎざ〲の露ながれけり―の句が刻まれていた。

跡地はすでに二階建ての賃貸アパートになっていたが、表札には青露庵とあり、名をそのまま引き継いでくれていることが嬉しかった。アパートの側壁に管理会社の名と電話番号があったので、後ほど確認してみると、平成十一年八月に現在のアパートに建て替えたとのことであった。手遅れであることは始めから分かっていたが、それ以前に来ていれば、との思いを打ち消すことはできなかった。

現在の青露庵

現在の青露庵の前には、他に茅舎の似顔絵入りのモダンな案内板が掲げられていたが、茅舎が岸田劉生に師事し画家を志したことや、ホトトギスの新進作家として活躍したことなどが記されていた。

昭和三十二年に角川書店から現代俳句文学全集が発行されたが、川端茅舎もその中に加えられた。その月報第6号に虚子と立子の対談が掲載されていたが、虚子は青露庵を訪ねた時の印象を次のように語っていた。

たゞ庭石の上に現はれて来る蜥蜴や蟻が茅舎の友達の如く印象された事だけは覚えてゐる。

私はその庭石や茅舎の多くの作品を生んだ朴の木が、もしや残されているのではないかとの淡い期待を抱きながら周辺をさぐってみた。しかし、庭自体がほとんどなく、ほぼ敷地いっぱいに建てられている現状を見ると残されているはずもなかった。

「ここから少し行った所に龍子記念館がありますが、行ってみますか」

「是非《ぜひ》、お願いします」

利夫さんの誘いに、何か茅舎に繋がるものがあるかも知れないと思った私は、すぐに返事をした。十歩ほど離れ、青露庵を振り返ると植え込みの躑躅が二輪、咲いていることに気付いた。

（平成十七年一月三十日）

花鳥諷詠

川口利夫さんの案内で川端茅舎の旧居を訪ねた後、私達は大田区立龍子記念館に立ち寄った。そこは青露庵から徒歩で十分ほどの所にあった。

その日は、開館四十周年記念展の開催期間中であったが、館内は閑散としていた。入口から数歩奥の左手には龍子の全身の銅像、そして前方右手の壁には龍子の代表作の一つ「臥龍」が、五メートル近い横幅に展示されていた。チケットもパンフレットもこの画を用いていたが、本門寺の天井画の龍とは、明らかに異質のものであった。制作年代を見ると昭和二十年とあり、龍子・六十歳の時の作品であった。

パンフレットには、「戦争に敗れ、食糧にも困窮し意気消沈している同胞に、再起への勇を奮い起こさせようと、構想に構想を練って描き上げた」とあり、水墨に金彩色を施した龍からは、龍子の強い気が伝わってきた。

私は「臥龍」の迫力に押されたまま展示室の一番奥まで進んだが、他の作品には余り興味が持てなかった。それでも少し離れた位置から再び鑑賞しながら戻ってくると、一枚の作品の前に釘付《くぎづ》けになった。それには、どこかで見たことのある温もりと懐かしさがあった。

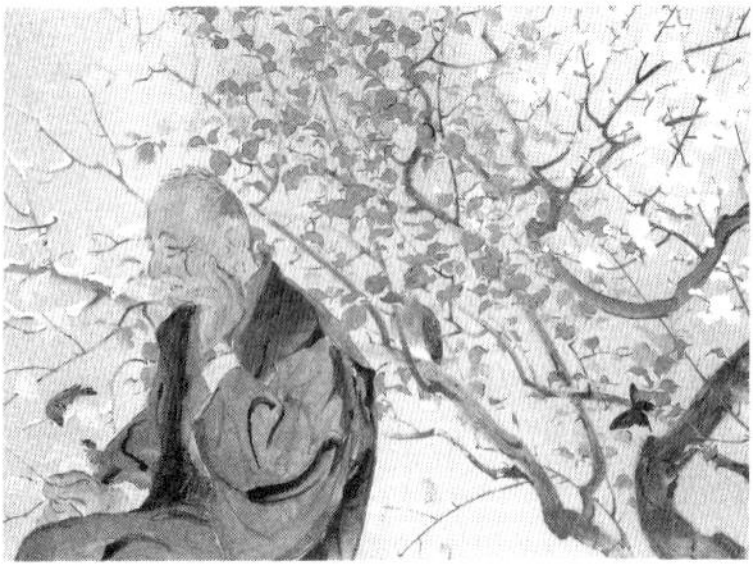

川端龍子画「花鳥諷詠」
大田区立龍子記念館所蔵

「これは、虚子記念文学館にある絵と同じですね」

「そうだね。虚子記念文学館にあるものは、この作品の下絵で、こちらが完成品ということになりますか」

利夫さんもこの作品に気付かれたらしく、私の隣で鑑賞されていた。作品のテーマは「花鳥諷詠」、解説には昭和二十九年春の青龍展に出品したとあり、虚子と龍子の関係についても触れられていた。

龍子は、明治四十年から大正十二年まで国民新聞社に勤務していたが、虚子も明治四十一年に国民新聞に新設された文芸部の部長に就任している。虚子は、四十三年の秋まで籍を置いていたが、この三年の間に龍子は虚子から文芸一般と俳句の指導を受けている。龍子はいわば虚子の俳句の弟子でもあった。

龍子の俳句といっても見たことも聞いたこともない人が多いと思うが、ホトトギスの一投句家として虚子選を受けていた時期もあったのである。昭和二十三年に皆吉爽雨《みなよしそうう》が編纂《へんさん》代表者となり、「ホトトギス同人第二句集」を、かに書房から出版したが、前年にホトトギス同人になったばかりの龍子も加わり、作品五十句を残している。その中には画家らしい作品もいくつか見受けられた。

命毛に一念托し筆始

朝涼や筆洗いまだ色染まず

一作に日脚ののびし絵筆擱く

龍子は自らの句集を残さなかったが、俳句を愛し余技として学んだ経験が、弟茅舎への深い理解につながったのではないだろうか。私は、描かれた虚子晩年の穏やかな横顔を見つめながら、茅舎を支えた龍子のことを考えていた。そして、再び「花鳥諷詠」の解説の後半を読みはじめた。

画家として独立してからも虚子主宰の「ホトトギス」に協力して戦後は同誌の同人にも推されて今日に及んでいます。昭和二十九年虚子翁に対する景仰の念を絵画化したくこの図を試みました。肖像のバックには一年四季にわたる花木を配し、虚子翁が俳句の根本信条とされた花鳥諷詠を表徴したわけです。

ここで作品の解説は終っているが、これは龍子自身が書き残した言葉で、「花鳥諷詠」は虚子への敬愛の情が描かせたものであった。

その後、私は昨年四月に発行された虚子記念文学館報第七号の表紙絵に使われた「花鳥諷詠」下絵と完成品とを比べてみた。

腕時計をした左手を頬に、筆を持った右手を膝に、ここまでは下絵も完成品も同じ構図であった。ただ、下絵でははっきりしなかった衣服の色が完成品では明確に描かれ、茶色の長着の上に黒いちゃんちゃんこを着ていることが判った。

また、下絵では背景に鳥が二羽横に並んで虚子の鼻先後方にいるが、完成品では虚子の右手近くまで下げられ、二羽の配置も上下になっていた。その鳥が雀であることも完成品で判った。私はいつかこの二つの作品を並べて展示する企画を考えたら面白いのではないかと思った。

昭和三十年に朝日新聞社から『虚子自伝』が発行されたが、その中にも龍子が虚子のスケッチに訪ねてきたとの記述がある。

このホトトギスの山会が一月三十一日に草庵で催された時、一人の客が在つた。それは深川正一郎君と連れ立って来た川端龍子画伯であった。龍子君は文章会には関係なく、私をスケッチする為めであつた。あとで正一郎君の話すところに依ると、私の画像を今度の春の青龍展に出すのだ、と云ふことであつた。

この時に描いたものが、龍子の作品の中ではやや異色と思われる「花鳥諷詠」であった。私は、「臥龍」と「花鳥諷詠」の対照的な余韻にひたりながら記念館を後にした。

（平成十七年二月二十七日）

（注）虚子の花鳥諷詠提唱の時期について、これまで昭和二年説が有力であったが、故・藤松遊子氏（ホトトギス同人）の花鳥諷詠提唱の時期の考察により、現在では昭和三年説の方が妥当と思われる。なお、詳細は藤松氏の左記の論文を参照されたい。

①〝花鳥諷詠〟花鳥諷詠提唱の時期―昭和二年か、三年か―（俳誌「晴居」平成元年四月号）

②花鳥諷詠研究メモ（俳誌「惜春」―百号記念特集―平成八年十月号）

第六章　虚子と島村元

遺言の如く（一）

平成二十年四月四日、山会の先輩で第十二代犬山城主としてもよく知られていた成瀬正俊さんが亡くなられた。生前、正俊さんからは多くの俳句関係の本を頂戴した。その中には正俊さん自身の著書も十冊以上あった。

「これは何かな？」

本棚を整理していると正俊さんの著書の間から一冊のファイルが出てきた。中を見ると厚さ一センチ程の句集のコピーが入っていた。

「そういえば、これも正俊さんから頂戴したものだな」

私はそう思いながらファイルの中身を取り出すと、添書が資料の隙間から落ちた。

右手がシビれてしまったので字が書けません。島村元句集のコピー送ります。コピーし

てくれたのは私の友人神山照彦、実は島村元の未亡人の後の子。（以下略）

弱々しい文字であったが、何とか読むことができた。生前、正俊さんは、ホトトギスで活躍した古い俳句作家の話を時々してくれた。その中に島村元《はじめ》がいた。

「家も墓も鎌倉にあると思うが、まだ調べていない」

「また、東京に戻られたらいっしょに調べましょう」

かつて、正俊さんは伊豆の熱川温泉病院で療養されていた時期があった。ホトトギス平成七年六月号に掲載された私の写生文「冬紅葉」は、何度か訪ねた時の一齣を描いたものであった。

確か、虚子編『新歳時記』に例句として採用されていた—噂やピアノの上の薄埃—を皮切りに島村元のことが話題になったことがあった。多分、その時に私が句集を読みたいとか何とか、おねだりしたのであろう。

島村元は大正時代、それも十年間程の俳句人生であったが、一時は虚子の後継者とも目されていたようだ。岩波文庫の『俳談』の中にも「島村元」と題する一章があるが、虚子は志半ばで世を去った元を惜しんでいた。

私は、中の資料を確認するとファイルの中に戻した。ただ、添書の言葉が正俊さんの遺言の如く心に残った。

「正俊さん、神山照彦を訪ねろということですか。もうすぐ職場も正月休みに入ります。それまでお待ち下さい。もし健在であれば、コピーの礼だけでも言っておきましょう」

添書には幸い神山氏の住所が書き残されていた。場所は東京都渋谷区恵比寿で、地図で確認すると、恵比寿駅からそう遠くない距離にあった。

『島村元句集』は、大正十三年七月二十五日発行の非売品で、発行者は島村環《たまき》であった。短い後書《あとがき》を元の母・米子が書いているが、どうやらこの句集は、元の一周忌を記念して遺族が出したようだ。そして、序は虚子によるが、次の箇所が印象に残った。

君は句稿を常に私に示した許りでなく、私の旅行する時にも亦たよく一緒に出掛けた。さうして九州に旅行して長崎にとまつた晩、

春 雷 や 布 団 の 上 の 旅 衣

の句の出来た時、俄に襲ふた寒さの為めに風邪になり、遂に肺炎となつて旅に恵ひ、鎌倉に帰つた後ちも病臥勝ちで、其為めに起たなくなつた。惜みても余りあることである。

『島村元句集』に目を通していると列車は恵比寿駅に到着した。西口を出て駒沢通りをしばらく行くと、恵比寿西二丁目に出た。添書に残されていた住所は、ここからすぐの所にあった。

「は～い。少々お待ち下さい」

玄関のブザーを押すと、中から女性の声が聞こえた。

「失礼ですが、神山照彦さんという方は、こちらにお住まいでしょうか」

「はい。今日は留守にしておりますが」

「実は、成瀬正俊さんのご紹介で参りました。本人は数年前に亡くなりましたが、島村元句集のコピーを頂戴しました。そのコピーを取ってくれたのが、どうやら神山さんらしいのです。遅ればせながら、そのお礼に参りました」

「わざわざお越し下さいまして、成瀬さんと主人とは学習院の同級生で生前は親しくさせていただきました」

「そうでしたか。ご主人のお帰りは？」

「夜までには帰ると思いますが…」

「神山さんがご健在ということが分かっただけでも、今日は来た甲斐《かい》がありました。それではまた改めて連絡させていただきます」

私はそう言うと、名刺を夫人に渡し恵比寿を後にした。そして、時間も早かったので、静岡に帰る途中、鎌倉に立ち寄ってみた。大晦日《おおみそか》の鎌倉は、特に鶴岡八幡宮への流れが滞ることなく続いていた。昨年も縁あって大晦日の鎌倉に来たが、大混雑で参拝を諦《あきら》めた経緯《いきさつ》があった。それでも今年は、午後一番に来たためか、段葛《だんかずら》を行く人の流れにスムーズに乗ることができた。

島村元が最後に住んでいたのは鎌倉で、母・米子が「鎌倉大臣山《おとどやま》の麓にて」と句集の後書に記しているので、元も恐らくそこで息を引き取ったのであろう。元の俳句を高く評価していた水原秋桜子も鎌倉の自宅に訪ねた時のことを『高濱虚子』に書き残している。

島村元は胸の宿痾《しゅくあ》のため遂に立たなかったのである。この五、六年、たけし（池内）と並んで虚子に最も近く、その双翼を成している感があり、虚子の後継ぎと目している人も多く、その作風はあくまでも品格が高かったのに、まことに惜しむべき長逝と私も落胆した。私は遂に元の風貌に接する事ができなかった。昨年の秋、四、五人で鎌倉に吟行したとき訪ねたが、すでに高熱の臥床中で、鉛筆書きの挨拶が私達にわたされただけであった。

「元の家や墓はどこにあるのであろうか。まずは神頼みといくか」

生前果たせなかった正俊さんの遺志を引き継ぐべく、私は鶴岡への列に並んだ。

（平成二十三年二月二十七日）

遺言の如く（二）

鎌倉から静岡の家に帰ると、神山昭彦《こうやまてるひこ》氏からファックスが届いていた。そこには、わざわざ来てもらったことへの礼と連絡先が記されていた。私はさっそく神山氏に電話をした。

「もしご都合のよろしい時があれば、お伺いしたいのですが」

「須藤さんのご都合はどうですか」

「来週の土曜日なら空いています」

「それでは、一月八日の午後四時に霞会館に来ていただいてもよろしいですか」

「それはどこにありますか」

「霞ケ関ビルの三十四階にあります。銀座線の虎ノ門が一番近いでしょう。私の名前を言っていただければ、中に入れるようにしておきます」

私は受話器を置くと場所を確認すべくインターネットで調べてみた。そこはすぐに分かったが、霞会館自体も検索に引っ掛かってきたので、その中のいくつかに目を通してみた。

霞会館は、総務省所管の特別民法法人で、戦前は華族会館と呼ばれていた。昭和二十二年、華族制度の廃止により会館の名称も現在のものとなったが、どうやら旧華族の親睦《しんぼく》は途絶えることなく霞会館を中心に現在も続いているようであった。

成瀬正俊さんと神山氏は、学習院の同期であるとともに、旧華族出身という共通点があると思われた。私は、神山氏が電話で言った「私の名前を言っていただければ、中に入れるようにしておきます」の意味が、何となく理解できたような気がした。

約束の日に霞ケ関ビルに到着したのは午後三時であった。ちょうど扉の開いたエレベーターに乗ってみたが、途中で止まってしまったので、そのまま一階まで下りて確認すると、どうやらエレベーターによって行ける階が決まっているようであった。ビル内は土曜日であったためか、ガードマンと清掃会社の人達が動いているのが目に付くくらいで、どちらかといえば閑散としていた。それでも一階のコーヒーショップが開いていたので、時間までここで過ごすことにした。

四時少し前に私は再びエレベーターに乗った。少し緊張した心持で扉の開くのを待ったが、待つという程もなく三十四階に到着していた。

「神山さんと約束をしております須藤と申します」

「お聞きしております。今お呼びしますので、中の会議室でお待ち下さい」

しばらくすると神山氏が現れた。

「須藤でございます。お忙しいところを恐縮です」

「まあ、お掛け下さい。大した話もできませんが」

「さっそくですが、これが正俊さんから頂戴した島村元句集のコピーです」

「確かにこれは成瀬君から頼まれて私がコピーしたものです。この句集は、私の母が大切に持っていました」

「コピーされたのは、いつ頃のことでしょうか」

「はっきりとは覚えていませんが、奥方の洋子さんの亡くなる前でしたから、昭和の終り頃かも知れません」

「正俊さんの奥様が亡くなられたのは、平成元年ですから、その前となるとやはり昭和ですね。正俊さんが、島村元に興味を持ったのは、神山さんの影響かも知れませんね」

「成瀬君から聞いたと思いますが、私の母の最初の夫は島村元でした。成瀬君が、君は元の子かも知れないと真顔で言うので、心配になって戸籍謄本を調べてみましたが、勿論そんなことはありませんでした。元が亡くなったのは大正十二年、私が生まれたのが昭和五年ですから、そんな筈もないのですが、つい本気にしてしまいました（笑）」

「正俊さんらしいですね。正俊さんもここの会員でしたか」

「ええ、今は長男の方が会員になられています。成瀬家は華族の中では伯爵《はくしゃく》でした」

「神山さんと島村家とのお付き合いは…」

「いや、まったくありません。ただ一度、家を確かめに近くまで行った覚えがあります。それと、島村元句集の復刻版が昭和五十六年に明治書院から出まして、島村環さんからお送りいただきました。島村家との関係は、これくらいなものです」

「島村環とは、どういう方ですか」

「元の弟です。兄が亡くなったので島村家の当主となりました」

「島村家の場所は覚えていらっしゃいますか」

「鶴岡八幡宮の裏手の方でした」

私は持参した鎌倉市の地図を開くと、神山さんに見てもらった。

「ここら辺りです。恐らく西御門でしょう。島村姓は少ないと思いますから一〇四で聞いてみましょう」

神山さんはそう言うと、さっそく携帯電話で確認してくれた。

「これで住所と電話番号が分かりました。島村学で登録されているとのことですから、ほぼ間違いないでしょう」

「元、環、学、すべて一字ですね。ありがとうございました。さっそく連絡を取って訪ねたいと思います」

「もし訪ねるのであれば、一つお願いしたいことがあるのですが、よろしいでしょうか」

「もちろんです」

「実は、島村家との関係で母がいつ入籍し除籍されたのか、以前から調べたいと思っていたのですが、今は個人情報の関係で簡単に他人の戸籍謄本が取れなくなってしまいました」

「分かりました。忘れないで聞いてみましょう。また、ご報告させていただきます」

「それでは、話の続きはレストランで夕食をとりながらということにしましょう。ただ、ちょっとその服装では…」

神山さんが受付に何か合図をすると、スーツの上着とネクタイが私の前に届けられた。

「こんな貴重な経験をさせてもらえるのも正俊さんのお蔭です。また一歩、島村元に近付きました」

私は、心の中で正俊さんに報告すると、夜景のすばらしい三十四階のレストランの席に着いた。


（平成二十三年三月二十一日）

遺言の如く（三）

『島村元句集』の後書を母の米子が書いていたが、その記した場所を「鎌倉大臣山の麓にて」としていた。大臣山《おとどやま》とは鶴岡八幡宮の裏山のことであった。また、成瀬正俊さんの友人・神山昭彦《こうやまてるひこ》氏の協力で島村家が八幡宮の北東の西御門にあることもほぼ確認できていた。

私が島村家を訪ねたのは、一月九日のもう夜の帳が降りはじめた頃であった。

「せっかく来ていただいたのですが、島村元のことについては父の環《たまき》からも詳しいことは何も聞いていないのです」

「失礼ですが、学さんは環さんのご子息でいらっしゃいますか」

「はい、長男です。もっとも私が生まれた時、父はもう四十を過ぎていましたが」

「それは失礼しました。余りお若いので、学さんは環さんのお孫さんではないかと一瞬考えてしまいました」

「私も、もう六十八ですから若くはありません」

「お父様は、いつ頃亡くなられたのでしょうか」

「確か、昭和六十三年です」

「お父様は島村元の弟ということですが、お兄様の句集の出版に尽力されたようですね。その功績は大きいですよ」

「ええ、結局父が遺してくれた元のものといえば、この二冊の句集しかないのです」

「もしや、復刻版の余分はございませんでしょうか」

「これ一冊しかないのです」

「実は、これと同じ二冊の句集を昨日見たばかりです」

島村元句集　左:初版　右:復刻版

「どちらで…」

「神山昭彦さんがお持ちでした」

「私は面識がありませんが、神山家といえば、島村元の妻・和子《やすこ》の再婚先ですね」

「昭彦さんは和子の長男で、もう八十歳とのことですが、背筋の伸びたジェントルマンでした。大正十三年版の句集は、和子が大切に持っていたそうです。また、昭和五十六年の復刻版は環さんからお送りいただいたとのことです」

「そうでしたか。二冊の句集が両家に残っていると…」

「交流は絶えてもどこかで繋《つな》がっているようですね」

「そういえば、結婚して数年で夫に先立たれた和子を祖父母も大変哀れに思い、再婚が決まるまで、わが娘のようにかわいがっていたと聞いています」

「元《はじめ》亡き後も和子は、本田あふひと家庭俳句会を結成し、虚子に親しく俳句を学んでいたようですから、それは肯《うなず》けます。元と本田あふひとは甥《おい》と姪《めい》の関係でした」

「虚子と祖父とはどのような関係でしたか」

「句集の序文を虚子が書いていますが、元の両親とは、謡《うたい》を通して親しくしていたようです。島村家は裕福な家庭だったようですね」

「祖父は外務省の会計課長を最後に退職後も銀行の頭取などを務めていましたから、余裕があったのでしょう」

「それと、電話で失礼とは思いましたが、和子が島村家から除籍された日と申しましょうか、何かお分かりでしょうか」

「その件につきましては、戸籍謄本が家にありましたのでコピーを取っておきました。神山さんにどうぞお渡し下さい。婚姻解消から除籍の日まで出ています」

「それはありがとうございます。神山さんとの約束もこれで果たせます」

「ところで、島村家の墓はどこにありますか」

「妙本寺です」

私は地図を開くと場所を確認した。

「鎌倉駅から近いですね」

「歩かれても十分くらいでしょう」

「墓に元の名前はありますか」

「側面にあります」

「さっそく、次の休日に訪ねさせていただきます」

「元のことを聞きにこられたのは、私の記憶では須藤さんが初めてです。きっと元も喜ぶことでしょう」

私は、「正俊さんが一番喜ぶでしょう」と心の中で応えていた。学さんに礼を言い外に出ると、大臣山の麓の闇の中に家々の明りが浮かび上っていた。


（平成二十三年四月二十四日）

（注）虚子の句集『五百句』の中に―夙《と》くくれし志やな蕗の薹―という句がある。「大正十五年二月、元未亡人蕗の薹を齎す」との詞書がある。元未亡人とは和子のことである。また、ホトトギス昭和十四年二月号にはこの句の自解が掲載されている。「送つて呉れたものはさゝいな蕗の薹であるが、併し態々それをよく日の当る裏の山畑か何かで見つけ出して摘んで送つて呉れた其志が嬉しい。まして自分はその蕗の薹の苦味を愛するものである。それを知つてか知らずか特に蕗の薹の走りを送つて呉れた志が嬉しい」。

遺言の如く（四）

島村元の眠る妙本寺を再び訪ねたのは、四月の落花の頃であった。一月に来た時は二天門の改修工事が行われていたが、四月も同じような状態だったので、寺務所で聞いてみたところ、工事は八月末頃までかかるとのことであった。

また、祖師堂の前の左右には高さ三メートル程の海棠が花を咲かせていたが、一人の女性をめぐって不仲であった中原中也と小林秀雄が散る海棠を見ながら和解したとの謂《いわ》れのある名木とは、もはや二代目とも三代目とも世代を異にしているようであった。

私は静岡からここまで来る車中で、一冊のテキストの半分ほどを読んだ。早く目を通して著者に礼状を書かなければ、と思っていたからである。

それは、NHKカルチャーラジオの『選は創作なり―高浜虚子を読み解く―』と題するもので、著者はホトトギス同人の深見けん二氏であった。「番組を楽しみにしています」と礼状を書こうと思ったが、ふと考えるに、私はこれまで英会話をはじめとするいくつかのラジオ講座に挑戦したが、半年と続いたためしがなかった。思いつきや義理ではじめた趣味や勉強は余り長続きしないという世間一般的な常識が、どうやら私にも当てはまるようであった。

ただ、内容的に興味があったのと、活字も大きく百九十ページ程であったので、仮に番組は聞かずとも一日の隙間の時間で何とか読了できるのではないかと考え、さっそく持参したのであった。そして、鎌倉から帰ったら「一気に読んでしまいました」と礼状を書くつもりであった。

テキストもすでに六十二ページまで読み進め、六十三ページからは「客観写生の提唱」にテーマが移っていたが、私はその中の島村元の記述に釘付けになった。

島村はじめは、私の生れた一年後に亡くなり、遠い人であったが、昭和六十一年の夏、私が虚子の六女の章子《あきこ》さんと鎌倉で句を作っていた時、妙本寺のはじめの墓に案内していただいた。章子さんは、「島村元さんの命日は、大正十二年八月二十六日で九月一日の関東大震災の日が丁度初七日。そのため父は丸ビルのホトトギス発行所に行かず、鎌倉の家に居た。母は常常父さんは元さんに守られて東京で震災に合わずにすんだと云っていた」と私に話して下さった。

私は、けん二さんのこの話を読んで、神山さんから聞いた話を思い出していた。

「元が亡くなり初七日に長谷の方でお骨にしたようですが、お骨が家に到着したまさにその時に関東大震災が起ったと母から聞いています」

元の妻は和子《やすこ》といったが、後に再婚し、その長男が成瀬正俊さんの友人・神山昭彦《こうやまてるひこ》氏であった。

私はその後、鎌倉市西御門の島村家を訪ね、元の弟・環《たまき》の長男・学さんにお会いした。そこで、島村家の墓が、鎌倉駅からそう遠くない妙本寺にあることを知ったのであった。

さっそく場所を確かめに訪ねたのは、一月の中旬であった。寺の墓所は分かれていたが、「二天門の近く、比企《ひき》一族の墓の隣」と学さんから教えられていたので、そう迷わずに見つけることができた。墓の左右の花器には、寒の内であるにもかかわらず、溢れんばかりの花が供えられていた。

妙本寺の島村家之墓

墓の左側面を見ると五人の歿年が刻まれていたが、その中に元の名を見出すことができた。元の父・久の歿年は、大正八年一月十三日で、元の死より四年も前のことであった。元の母・米子は、昭和二十年五月一日、そして弟の環が昭和六十三年十一月二十六日に亡くなっていた。

私はそれぞれの歿年から『島村元句集』が、父・久の手によるものではなく、弟・環の尽力で出された理由が確かめられたような気がした。それは、虚子に元の将来を託した久が、元の死を見送ることなく先に他界してしまっていたからであった。

『島村元句集』の虚子の序に、「大正八九年は君は余り俳句を作らなかった。君の健康の加減もあつたらう」とあるが、この時期は、あるいは父の死の影響があったことも十分考えられると思った。

四月の妙本寺は落花と海棠の明るさを湛えていたが、「島村家之墓」の前に立つと一片の落花が斜めに過《よぎ》った。そういえば元にも落花の句があった。

一片のなほ空わたす落花かな

一片の落花は、元の魂とも思えたが、私をここまで導いてくれた正俊さんの魂とも思えた。

（平成二十三年五月二十九日）

第七章　武蔵野探勝

夕影（一）

平成二十一年十二月二十日は、野分会東京例会の最後の日であった。この日をもって稲畑汀子先生の指導は終わり、平成二十二年三月からは、メンバーも新たに稲畑廣太郎副主宰に引き継がれることになった。

その最後の東京例会で兼題の火事について、ホトトギス新歳時記に掲載されている例句が話題になった。

　雨しとゞ焼け出されたる人に荷に　　徳尾野葉雨

　炎上を見かへりながら逃ぐるかな　　高浜虚子

「季題のはっきりしない句ですね」

と私は言った。

そう言えば、虚子には他にも季感はあるが、季題としてはちょっと曖昧《あいまい》な使い方をしている句があったことを思い出した。しかし、いくら思い出そうとしても、「夕影に…」とまでは出て来るのであるが、それに続く言葉を記憶から手繰り寄せることはできなかった。

家に帰りさっそく調べてみると、その句はすぐに分かった。昭和六年七月十九日、虚子は句会場である鰻屋の前を流れる川の堤防に立っていた。

夕影は流る、藻にも濃かりけり

虚子一行はこの日、第十二回武蔵野探勝会で粕壁（現在、埼玉県春日部《かすかべ》市）を流れる古利《ふる》根川を訪ねていた。もっとも虚子は、粕壁駅に着くとすぐに自動車で新川《しんかわ》の鰻屋に向かったと記事にはあるので、この日、本流の古利根に立つことはなかったと思われる。

本来ならば「藻刈」もしくは「刈藻」として使うべきところを「流るゝ藻」で表現したのであった。他に―静にも流れゆくなる刈藻かな―の句も同じ日に作られているので、やはり意識して「流るゝ藻」としたのであろう。

この日の記事を佐藤漾人《ようじん》が書いているが、文の結びは「夕飯―その鰻の蒲焼がうまかった」であった。

この句に興味を持ってさらに調べていくうちに、今は亡き野村久雄氏を中心とするグループが、新武蔵野探勝と称し、この地を訪ねていることを知った。

記事によると、一行は虚子の武蔵野探勝から五十四年後の昭和六十年七月二十一日に当地を吟行しているが、かつて句会場であった草葺《くさぶき》の鰻屋は、新築され新川亭の名で営業を再開しているとのことであった。その日の記事を越川あい氏が書いているが、文の結びは「鰻重美味しかったわね」であった。

私は、年末の休みを利用して春日部に行ってみることにした。新武蔵野探勝からさらに二十四年が経過していたが、何か時を隔てて鰻の蒲焼の匂いに誘われているような、そんな気分であった。

東京駅から北千住《せんじゅ》駅に出て東武線のホームに移ると、すぐに急行列車が来た。春日部は急行ならば三十分程で行ける距離にあった。春日部駅の東口を出るとさっそくコンビニで春日部市の地図を貰った。

近くの喫茶店に入ると、さっそく地図を開き、古利根川に架かる橋の名や支流の川の名、さらに地名などを確認した。しかし、困ったことに肝心《かんじん》の鰻屋の場所が分からなかった。佐藤漾人も越川あい氏も八幡神社までの足取りは追えるが、そこから鰻屋までの道順が曖昧であった。漾人は八幡神社から自動車に、あい氏はバスに乗っていた。ただ、あい氏の記述から鰻屋の屋号が新川亭であることが分かっていたので、「新川」を頼りに古利根川の支流の川の名を再び追ってみた。しかし、新川という川を見つけることはできなかった。

私はカップの底に残っていたコーヒーを飲み干すと再び地図を睨《にら》んだ。すると、春日部駅から北東の方向に新川という地名があることに気付いた。そこは、支流・中川の右岸側に位置し、ほぼ中央部を国道16号線が横断していたが、中川に架かる新川橋の名も地図に落とされていた。

「果たして新川亭は現在も存在しているのであろうか」

私は地図を折り畳んでリュックに仕舞うと喫茶店を出た。そして、駅前の交番に入った。

「ありませんネー、電話帳にも住宅地区にも…」

「オープンが昭和五十九年頃と聞いていますから、もう店はないかも知れません」

「駅前からバスに乗られれば十分程で新川に着きますが、どうなさいますか」

「歩くとどれくらいですか」

「一時間近く掛かると思いますよ。それに着いた頃は、もう暗くなってしまうでしょう」

「今日は下見《したみ》のつもりで来ましたので、古利根川に沿って行ける所まで行ってみることにします」

私は親切に対応してくれた若い警察官に礼を言うと交番を出た。後は、越川あい氏の記述と地図を頼りに歩くだけであった。なお、地図によると、古利根川の正式の名称は、大落《おおおとし》古利根川であった。

春日部駅前の大通りを真っ直ぐ四百メートル程行くと、古利根公園橋に出た。川幅が百メートル以上あると思われたが、冬川にしては透明度が低く、川そのものが動きを止めているようにも見えた。川の下流に向かってすでに三十分は歩いたであろうか、八幡橋の所まで来ていた。八幡神社はそのすぐ近くにあった。

私は八幡橋の上からさらに広くなった下流を見渡すと虚子の句を口ずさんだ。

夕影は流るゝ藻にも濃かりけり

実際この時季、藻は流れていなかったが、古利根川の夕日が川面にも枯草にも同じ濃い光を落していた。

（平成二十二年四月二十五日）

（注）武蔵野探勝は、第一回「欅並木」（昭和五年八月二十七日）を皮切りに第百回「鶴ケ丘八幡宮初詣」（昭和十四年一月八日）まで、ほぼ月に一回のペースで八年以上に亘って開催された。その後、本にまとめられたが、次の三社から出版された。

①『武蔵野探勝』全三冊（甲鳥書林）昭和十七年〜昭和十八年刊
②『武蔵野探勝』全三冊（養徳社）昭和二十三年刊
③『武蔵野探勝』全一巻（有峰書店）昭和四十四年刊

夕影（二）

昭和六年に粕壁で開催された第十二回武蔵野探勝は、水原秋桜子の提案で実現した。秋桜子は、後に当時の心境を次のように語っている。

自分で何か仕事をして、それを機会にホトトギスを出よう、そうすればあとで友達がそれと察してくれるだろうと考えた。仕事といっても別に新しい事はなかったから、私は武蔵野探勝会を粕壁で行うことを提議し、その幹事を引き受けたいと申し出た。それは喜んで承認され、日取りも七月十九日ときまった。（永田書房刊『高浜虚子』より）

ホトトギスへの最後の奉仕として秋桜子の選んだ仕事が、武蔵野探勝会の幹事であった。ただ、この日の記事を佐藤漾人が担当したためか、記事からは秋桜子の心境を窺い知ることはできない。

正月休みを利用して再び春日部市を訪ねた私は、古利根川の堤防に沿って東八幡神社の前まで来ていた。虚子は駅から一足《ひとあし》先に自動車に乗り、句会場の鰻屋に向かった。そして、古利根川を吟行しながら歩いて来た秋桜子達は、この神社から自動車に乗って庄内古川の鰻屋に向かったのであった。

庄内古川とは、古利根川の支流・中川の別名で、秋桜子の記述があったお蔭で、鰻屋の位置の見当がついたのであった。

駅前のコンビニで買った昭文社の都市地図には、東八幡神社が抜け落ちていたが、近くにあるバス停「女子高入口」の赤い文字が一瞬私の目を引いた。恐らく、昭和六十年に新武蔵野探勝で訪ねた野村久雄氏のグループは、どうやらここからバスに乗ったようだ。中川に架かる新川橋近くまで行けば、その後の鰻屋の消息を知ることができるかも知れないと考えた私は、神社で少し休むと対岸へ八幡橋を渡った。ここから目的地までは、私の足で三十分程の距離と思われた。

新川橋の手前、百メートル程のところで、私は洗車をしている中年の男性に声を掛けた。

「この辺りに新川亭という鰻屋はありませんでしょうか」

「ええ、以前はありましたが、今はもうありません」

「いつ頃までありましたか」

「もう二十年以上も前のことです」

「その家は残っていますか」

「ええ、家ならほら、そこの新川橋の手前を左に入って三軒目、金子さんのお宅です」

新川橋の手前を左折すると、すぐにそれと分かる家が見えてきた。玄関の上の壁には、左右に短い棒のようなものが突き出ていた。かつて、ここには「新川亭」の暖簾《のれん》が掛かっていたのであろう。


床の間に古びた将棋盤が置いてあり、齣を入れた箱がその上に載っていた。素十《すじゅう》がそれを下ろすと、私の眼の前に据えて、「どうだ先生、一番指そうじゃないか」と言った。「よし、指さう」と私も坐り直した。あたりの人達は一寸おどろいた様子である。いったい句会の席上で将棋を指したり、碁を打ったりするのは、最も遠慮すべきことであり、また嫌

われることであった。（前掲書より）

緊迫した場面ではあるが、それを見ていた虚子は、静かに笑っただけで、むしろ指し継ぐことを促すかのようであったと、秋桜子は書いている。

中川は幅三十メートル程のごく普通の河川であったが、本流と同じように極めて透明度の低い水を湛え、目を凝らさなければ流れを感じられない程に停滞していた。

周辺の写真を撮っていると、家から女性が現れた。赤子を抱き、右手に持つ伸びきったロープの先には犬が繋がれていた。

「失礼ですが、こちらの家の方ですか」

「はい、そうです」

「ここは以前、新川亭という鰻屋さんでしたか」

「はい」

「ここの奥様でいらっしゃいますか」

現在の中川（新川橋より）

「はい。孫の子守を頼まれまして、ついでに犬の散歩も…」

「実は、昭和六年に俳人の高浜虚子がここを訪ねまして―夕影は流る、藻にも濃かりけり―という句を作っています。どんな場所でこの句を作ったのか、一度見てみたいと思いまして、静岡からやって来ました」

「それは、ご苦労様です。私もその話は聞いております」

「当時はこの中川にも藻がたくさん流れて来たようですね。昭和六十年頃、ここに来た人の話では、その当時もまだ幾分流れて来たようです」

「今はもうほとんど見ません」

「草葺の新川屋時代の写真や水原秋桜子の短冊を店の人に見せてもらったそうです」

「今もあると思いますが、何分昔のことで…」


締切り時間が来ても句が出来そうもない私は、橋を渡って鰻屋の方へ帰りかけたが、一句も詠めないというのも残念だと思い、そこにあった小さな樹蔭に入って、川辺で泳いでいる子供の群を眺めていた。するとそこへ虚子が近づいて来たので私はおどろいた。(前掲書より)

そして、秋桜子は虚子の顔を正視しながら、「いいえ、まだ一句も出来ません」「山会も休もうと思っています」「すべてに興味を持てなくなりましたから」等、疲れた心情を素直に語りホトトギスに対する一つの終止符を打ったのであった。

「――泳ぎ子の這入りし垣の葵かな――当時、秋桜子がここで作った句です」

私は、かつて新川亭の女将であった彼女にそう言うと、虚子と秋桜子が最後に語った中川の水面を見つめた。

（平成二十二年五月二十三日）

普済寺

東京駅から中央線の快速に乗ると、四十分程で立川駅に着いた。改札口には、今日の案内役の日置正樹さんと丹羽ひろ子さんが待っていてくれた。二人は、稲畑汀子先生が指導されている野分会東京例会の仲間であった。

平成十年七月に野分会の夏行が奥多摩の河鹿園で開催されたが、立川駅に降りたのはその時以来であった。

「駅も駅前も昔に比べると大分広くなったような気がします」

「区画整理で整備されたためでしょう」

最初に立川駅に降り立った印象を言うと、正樹さんが応えてくれた。私達は、駅の南口から商店街を抜けて二十分程歩くと、今日の目的地である普済寺《ふさいじ》に着いた。途中、小室藍香《あいこ》さんのお宅と中島白城子《はくじょうし》さんのビル、それに正樹さんのご自宅の紹介があったが、みな立川の名所旧跡のようでおかしかった。

藍香さんは、彼女が野分会の二代目の幹事をされていた時からの古い仲間であるが、今は武蔵野ホトトギス会の代表をされていた。そして、白城子さんはこの日、初対面であったが、武蔵野探勝によく登場する安田蚊杖《ぶんじょう》のお弟子さんで、武蔵野ホトトギス会の前代表とのことであった。

昭和八年十二月三日、第四十一回武蔵野探勝会が普済寺を句会場に開催された。当日の記事を中村草田男が担当しているが、日向ぼっこを楽しめるような穏やかな一日であったようだ。

その五十四年後の昭和六十二年十二月六日には、野村久雄氏を中心とする新武蔵野探勝会がこの地で開催されたが、吾妻規子氏の記事によると雪で凍えるような一日であったようだ。

そして、今日平成二十二年一月十一日は、そのどちらでもなく概ねどんよりとした雲に覆われていた。時折り冬日が雲の切れ間から差し込んだが、松過《まつすぎ》の普済寺は、閑散として建設中の鐘楼は足場を残したまま工事も止まっていた。

普済寺参道入口

寺の参道の入口には、土台石の上に五つの巨石を積み上げた灯籠が目立っていた。普済寺は臨済宗で、この地方のかつての豪族・立川氏の菩提寺でもあった。

入口から菊の御紋のある山門まで、草田男の来た当時は、古木の桜並木が続いていた。ただ現在は、入口付近の数本を除いては、そのほとんどが改植された幼木で、並木と呼ぶにはいささか貧相であった。

山門の菊の御紋は、「これは昔、伏見天皇家が、こゝへ避暑に来られた時以来つけられたものといふ」と、吾妻規子氏が書き残しているが、明治時代には寺内に皇族の別邸が設けられていたとのことである。

「本堂はまだ新しいですね」

「平成七年の火事で焼失しましたが、檀家の協力で平成十六年に再建されました」

「ということは、新武蔵野探勝の時はまだ古い建物や板碑《いたび》も残っていたわけですね」

「幸い国宝の六面石幢《ろくめんせきとう》は無事でしたが、板碑の方は焼失したと聞いています」

「放火だったようですね」

「ええ、私の家の近くの諏訪神社も放火に遭いまして、びっくりして飛び出しました」

正樹さんにはまだ、火事に遭遇した過去の記憶が鮮明に残っているようであった。

板碑と六面石幢は、草田男の記事や吾妻氏の記事にも出てくるこの寺の歴史的遺産であった。板碑は死者の追善や生前の供養のために建てられた塔婆《とうば》の一種であるが、材料が秩父青石と呼ばれている緑泥片岩《りょくでいへんがん》でできていた。寺地の首塚から大小六十余枚の板碑がまとまって出土したことで、有名になったようだ。

六面石幢は、寺の安泰と信徒の繁栄を願って建てられたとの説があるが、これも材料に秩父青石が使われていた。草田男が来た当時は、この国宝に直接手を触れることができたようであるが、新武蔵野探勝の頃はもう現在と同じ覆屋の中に保存されていて、縦格子の窓から覗いて見るだけになっていた。

「板碑も、もしあれば見てみたいですね」

私は、六面石幢を埃だらけの透明度の低い窓から覗きながら正樹さんに尋ねてみた。

「寺の住職に聞いてみましょう」

「寺の住職ですか?」

そう言って、私は首を傾げた。

草田男は記事の中で、「坊主らしい姿は最後まで現れなくて、きれいさっぱりと何の御愛想も説明もしなかった」と不満を語り、吾妻氏は「このお寺は檀家を千五百軒抱へて忙しいらしく、御住職も家の方も全く素っ気なく、（中略）何を聞いても御存じない様子なので止めた」と、その思いの丈を書き残していたのであった。

ところが、今の住職に実際会ってみると思った以上に親切で、私達の質問にも答えてくれた。

「雪舟をはじめとする国宝級の絵画もみな焼けてしまい、残念ですが板碑も灰と化してしまいました。一部破片が残っていましたが、今は立川市の歴史民俗資料館に保存されています」

私は住職の言葉に納得したが、かつてこの寺を訪ねた俳人がみな見たであろう板碑を見られなかったのは残念であった。
　再び寺地を散策していると冬日が二本の銀杏《いちょう》に射した。立川氏の居城のあった頃の土塁の一部であろうか、根が石積の土塁を抱え込み、無数の枯枝を空に伸ばしていた。吾妻氏は「樹齢百八年といふ大銀杏」と書き残しているが、伸び過ぎたためか、あるいは火災のためか幹はそれぞれ途中で水平に伐られていた。その伐られた辺りの枝に光るものがあったので近付いて見上げると、それは蜘蛛《くも》の巣であった。

　蜘蛛の糸流れて光る虚空かな　虚子

　虚子もあるいはこの銀杏の蜘蛛の糸を見て、当時この句を作ったのではないか、私はそう思うと、何だか楽しい気分になった。

（平成二十二年六月二十七日）

冬の水

昭和八年十二月三日に開催された武蔵野探勝会は、玄武山普済寺であった。「禅寺の日向」

と題して、その日の記事を中村草田男が書いていたが、この吟行で最も得るものが大きかったのは、あるいは草田男自身であったかも知れない。それは、後に草田男の代表句の一つともなった次の句を授かったからである。

冬の水一枝の影も欺《あざむ》かず

以前、草田男の第一句集『長子』に目を通したことがあった。この句集には草田男の代表的作品の多くが収録されているが、最も印象に残ったのが掲句であった。

草田男句碑
—冬の水一枝の影も欺かず—

飯田蛇笏に—芋の露連山影を正しうす—があるが、草田男にも明鏡止水とも呼ぶべき一句があることに感心したのであった。多分、心象風景を机上で時間を掛けてまとめたものであろうと想像しながら作られた背景などを調べていくうちに、実は、武蔵野探勝での作と分かったのであった。

一度、作句現場を訪ねてみたいと思いながらも十年近くが経ってしまっていたが、昨年十二月の最後の野分会東京例会に同席していた日置正樹さんとの相談で、急遽《きゅうきょ》普済寺行きが決まったのであった。

普済寺の墓所からは、その多くが檀家と思われる街並みを一望することができるが、快晴ならば富士山が望めるとのことであった。

富士遂に見えずなりけり冬霞　虚子

今日、平成二十二年一月十一日は、冬霞こそなかったが、雨雲の下、富士山を見ることはできなかった。

寺内を吟行した私達は、引き続き台地の下に降りてみることにした。寺の下は崖で直下に一級河川・残堀川《ざんぼりがわ》が流れていた。草田男の当時は、「崖は全面の椿の古樹」で覆われていたようだ。

「今日は寒椿が見られると思います。以前、野分会の兼題で椿の実が出ましたが、ここに来て作りました」

「草田男の冬の水の句は、根川で作られたと何かの資料で見ましたが、この残堀川が根川でしょうか」

「多分、そうだと思います」

私は正樹さんと話しながら、寺から崖下に降りる坂道をゆっくり歩いて行った。堤防まで降りて下流に向かって少し行くと、武蔵野ホトトギス会の人達であろうか、句帳を手に崖下の椿を見ている一団に出会った。

「寒椿ですね」

私はそう言うと、さっそく仲間に加わり、小粒ではあるがいくつもの紅を付けた一樹を眺めた。

「翡翠《かわせみ》です」

突然、正樹さんの声が届いた。私は急いで川面に目を移したが、翡翠を捉えることはできなかった。

「岸と水辺の境に石が見えるでしょう。その横にいます」

正樹さんの指す対岸まで視線を延ばすと、茶色の小さな塊が少し動いたような気がした。翡翠は、全身が瑠璃色とばかり思っていたが、正面から見ると胸の辺りは平凡な色であった。

「あッ！飛び立ちました」

今度は確かな瑠璃色が目に入った。そして、飛び立った翡翠は、またすぐ少し上流の淵の近くに止まった。そこには白鷺と川鵜がいて共に雑魚《ざこ》を狙っているようであった。私達が翡翠を見ている桜並木の堤防と川面とは三メートル程の落差があるが、フェンスで仕切られていたため、水辺に降りることはできなかった。

「若菜が摘めそうですね」

私は、正樹さんにそんな言葉を掛けたが、水辺の周辺は枯草よりも瑞々《みずみず》しい若草色が目立っていた。

「人が中に入れないので、自然が残っているのでしょう」

私は正樹さんの言葉に頷《うなず》いたが、透明度の高いゆるやかな流れにしばし見入ってしまった。草田男の当時は、寺の下の崖がこの残堀川、別名・根川の水辺まで直接届いていたのであろう。草田男は後に、自句自解で次のように述べている。


或る一日の独歩吟行の帰途、夕冴えの野水辺に佇んでいた際に、眼前の即景が網膜に沁みこんでこの一句が獲得された。ただし、どこかの部分の表現が未だ十全でなかったが、数日以後に武蔵野探勝会で立川郊外の曹洞宗の一寺へおもむき、そこで崖下の水辺に独り身を置いているうちに遂に全表現が完成した。虚子師は直接に口頭で私の作品を褒めたことはない。この日の吟行に同行していた四女の高木晴子さんが、「あの一句が披講《ひこう》された折にお父さんが独りで唸《うな》り声を挙げていたわよ」と私に報告してくれた。

　草田男は、武蔵野探勝以前にこの句の着想をすでに得ていたが、根川に映る裸木の小枝に触発されて、虚子を唸らせるような優れた表現に仕上げることができたのであった。なお、文中の「曹洞宗の一寺」は、臨済宗の記憶違いであろう。

「それでは、これから草田男の句碑にご案内しましょう」

「草田男の句碑があるのですか。昭和六十二年に開催された新武蔵野探勝の記事にも、句碑のことは出ていませんね」

　そう言って正樹さんに蹤《つ》いて行くと、近くの公園に案内してくれた。案内板を見ると「立川公園根川緑道」とあり、草田男の句碑は流れに沿った細長い公園の中ほどにあった。

草田男
冬の水
一枝の影も
欺かず

そして、句碑の裏には、「萬緑創刊五百号記念　平成三年九月　萬緑会建之」と記されていた。碑陰の文字を句帳に写していると羽音がしたので、振り返ると瑠璃色の小鳥が目に入った。私は、翡翠の飛び立った枝々の映る冬の水をしばらく見つめていた。

（平成二十二年八月十四日）

バナナ

私は都営新宿線の浜町《はまちょう》駅で下車すると、浜町公園を抜けて隅田川に出た。川面は梅雨の暗さを湛えていたが、空には幾分の明るさも見え、雨を持ちこたえていた。遊歩道を兼ねた河川敷には少年達がローラーボードの音を響かせながら、寝転がるホームレスらしき男の前を行ったり来たりしていた。私は、近くのベンチに座るとコンビニで買ったバナナをリュックから取り出し、皮を剥いて頬張った。

川を見るバナヽの皮は手より落ち　虚　子

私はここ数か月、バナナを朝食代りに食べるようになってから、特にこの句を意識するようになった。そして、バナナで俳句を作ろうとすると、いつもこの句が邪魔《じゃま》をした。

これは、昭和九年十一月四日に開催された第五十二回武蔵野探勝会での作であるが、一時は熱帯季題の一つにもなっていたバナナが、どうしてこの時期に出てくるのか、何か戸惑いのようなものを感じたことがあった。その日の記事を担当した安田蚊杖も、最初に次の句を取り上げていた。

秋の川折れ曲り橋縦横に　虚子

そして、バナナの句は、その他参加者の句といっしょにまとめて掲載されていた。そのことからもこの日の注目すべき一句は、やはり虚子の掲句であったと思われる。なお、記事にあるバナナの句の初出は、「手より落つ」と終止形であった。

ところがその後、バナナの句の方がよく取り上げられるようになり、草田男はこの句を見て「愕然《がくぜん》とした記憶がある」などと賛辞を述べていた。（みすず書房刊『中村草田男全集』第八巻「虚子先生の存在」より）

虚子からすれば、バナナが季題としてどの季節に属そうが、実際に見た情景を句にしたまでのことで、余り戸惑いはなかったであろう。しかし、中には「もうすぐ立冬だというのに誰がこんな句を…」との思いで、互選に臨んだ人がいてもおかしくはない。

結局、記録係の安田蚊杖が、この句の作られた背景に全く触れていないので、後は読者が場面を想像して解釈するしかないのである。その中で、清崎敏郎の『高浜虚子』（桜楓社刊）に出てくる次の鑑賞などは、常識的で解りやすい。

公園のベンチに、一人の男がいて、じっと川面を見つめている。その手には、バナナをもっていて、それを食べていた。が、やがて食べ終ったのであろう、その皮を手から落したのであった。バナナの皮を手から落したというのでなく、バナナの皮が手から落ちたと叙していることから、ある気分が感じられる。クローズ・アップされた映画の一シーンを見るような趣である。

また、昭和六十三年十一月六日に今は亡き野村久雄氏を中心とする新武蔵野探勝が隅田川で開催されたが、佐々田まもる氏の記事を読んでも虚子のバナナの句への言及はなかった。虚子一行は、永代橋付近で一銭蒸気に乗ると川を遡り吾妻橋で船を下りたようだ。いずれにしても一銭蒸気内での作か、あるいは隅田川公園での作の可能性が高いと思われた。

先程まで寝転がっていたホームレスらしき男は、起き上るとバナナを食べていた私に近付いてきた。

「よろしければ一本どうぞ」

男はバナナを受け取るとニタリと笑い、「あれが新大橋、遠くに見えるのが両国橋」と言った。

「そうですか。それでは両国橋まで歩くとしましょう」

ベンチから立ち上った私は、下五を「落ち」と連用形に変えた虚子の句にヘタな七七を付けながら橋を目指して歩きはじめた。

川を見るバナナ、の皮は手より落ち
水上バスの波に消えゆく
（平成二十三年六月二十六日）

隅田川の水上バス

冬の一日（一）

私は休暇を利用して浅草に来ていた。観音通りには、お気に入りの中華そば屋「つし馬」があって、時々ではあるが立ち寄っていた。今日も煮干のダシの利いた濃いスープをすすりながら凍《こご》えた体を温めた。

以前、浅草育ちの山会の仲間、藤森壮吉さんにこの店を紹介したら、さっそく葉書がきた。そこには、「久しぶりになつかしい味の中華そばを頂きました。志那竹がおいしかったです」とあった。

浅草は思い出の場所である。東京で学生時代を過ごした私は、実家に帰る時はよく浅草駅から東武鉄道を利用していた。その時も大概はラーメン店に寄った。どの店のどんなラーメンを食べたのか、その店がどの辺にあったのか、今ではもう見当もつかないが、浅草寺の周辺だけは、昔のままのような気がして、ここに来ると学生時代を懐かしく思い出すのであった。

結婚して間もない頃、妻と水上バスで隅田川橋巡りをしたが、終点の浅草で小半日を過ごしたことを思い出す。数年前には、吟行会で隅田川ボートレースを観戦したが、この時は浅草駅近くの吾妻橋からもう少し上流の桜橋まで足を伸ばした。

今日は、桜橋からさらに上流の白鬚橋近くにある向島百花園まで歩くつもりであった。

百花園は、私が東京の句会に参加するようになった三十代の頃からよく耳にする吟行地であった。また、かつて山会の会場であった鰻屋「玉川」のご主人が、正月には春の七草を植えた籠を店内に飾って我々を迎えてくれた。ご主人の粋《いき》な計らいを今でも覚えているが、その仕入先が百花園とのことであった。そんな訳で、百花園には憧《あこが》れに近い気持ちを持ち続けて来た。

ただ、いつでも行けるとの安心感からか、その後も訪ねる機会を逃し、気が付けばもう二十数年の歳月が流れていた。

百花園といえば、古くは昭和九年二月四日に第四十三回武蔵野探勝会が開催された場所でもある。「雪の百花園」と題してこの日の記事を大橋越央子《えつおうし》が担当していたが、「三日節分の未明より降り出した雪は、東京を中心とした武蔵野に於《お》ける本年初めての大雪であったが、当日は朝からの快晴、寔《まこと》に恵まれたる雪晴の吟行日和である」と記していた。その日の虚子の句を見ても、やはり雪を詠んだものが多かった。

雪晴の四阿《あずまや》にある人暗し　虚子

敷《しき》蓆《むしろ》現れ来り春の雪　同

下駄の雪たたけばゆらぐ杭《くいぜ》かな　同

また、この吟行会は虚子の還暦の祝いも兼ねていたが、この年の一月に虚子は数え年で六十一歳（満六十歳）を迎えていた。

六十の寒があけたる許りなり　虚子

当時の還暦といえば、もう隠居してもおかしくない高齢であるが、昭和九年前後の虚子はまさに働き盛りであった。虚子は、還暦を記念して改造社から初の『高浜虚子全集』を出版したが、三省堂から虚子編『新歳時記』を世に出したのもこの年であった。そして、昭和十年には日本評論社から『俳句読本』を出版している。

ホトトギス誌上でも富安風生《ふうせい》の提案で還暦座談会の連載が始まっているが、後に出版された『俳談』の内容の多くが、この座談会から採られたものであることを考えても、充実した時期であったことが窺《うかが》える。

私は、働き盛りの虚子の面影を想像しながら、極月の吾妻橋を渡った。交通の便の悪かった当時は、みなこの橋を渡って百花園まで歩いて行ったようだ。地図を開いて確認してみると、私の足でも四十分はかかる距離であった。

この日の東京は、雨の降りそうな冷たい一日であったが、勝海舟の銅像の前を通り過ぎて桜橋まで行くと、体も大分温まってきた。ここまでで道のりのほぼ半分を来たことになるが、降りしきる桜並木の落葉には、振り返りたくなるような情《なさけ》があった。また、時々暗い川面をよぎるユリカモメにはどことなく哀れがあった。

私も年が明けると数え年ならば五十七歳になる。隅田川の冷たい風に吹かれていると、これまで他人事と思っていた還暦という言葉の響きが、急に身近に迫ってくるような気がした。

（平成二十三年十二月十八日）

冬の一日（二）

隅田川に架かる吾妻橋を渡り、向島百花園に到着したのは、午後一時過ぎであった。最初、入口が分からずに塀をぐるりと廻ってしまったが、予想していたよりはずっと狭い感じがした。

入口でもらったパンフレットには、園の面積が細かい数字で記されていたが、一ヘクタール程の広さがあった。もう少し分かりやすく言えば、ややいびつな百メートル四方の四角形を想像すればよい。

中に入るとすぐに芭蕉の句碑―春もや丶けしきと丶のふ月と梅―が目に入ったが、百花園には二十九の石碑があり、その内十四が句碑であった。そして、そのほとんどが江戸期の俳人のもので、残念ながら子規や虚子の句碑はないとのことであった。

また、明治四十三年の隅田川大洪水と昭和二十年の東京大空襲で甚大《じんだい》な被害を受けたが、石碑はみな無事だったと受付の女性が説明してくれた。

芭蕉の句碑の先には庭門があって、蜀山人の扁額「花屋敷」を正面に、大窪詩仏の書いた「東西南北客争来」「春夏秋冬花不断」の木板が左右の柱にかかっていた。詩仏は江戸後期の漢詩人兼書家で、木板の客争来は「客争いて来たる」、花不断は「花絶えず」の意味だと、これも受付の女性が教えてくれた。

庭門をくぐるとすぐ左手に藁縄でぐるぐる巻きにされた植物が目に入った。受付に戻って聞くのも面倒《めんどう》なので、先に進むと池の方から声が聞こえてきた。こんな冷たい日に他の客があるのかと思いながら声の方に近付いて行くと、それは池の中からであった。中には四人の男がいたが、どうやら池普請《いけぶしん》の最中で、池を囲む木杭を新しくしているようであった。

園内には御成《おなり》座敷と呼ばれる句会などができる建物があるが、池普請はそのすぐ横で行われていた。

「あれ、ここにもぐるぐる巻きがあるな」

そう思った私は、タイミングよく池から上って来た男に声をかけた。

「これは何でしょうか。庭門の近くにもありましたが」

「これは霜除《しもよけ》です」

「霜除にしては少し大袈裟ですが、植物は…」

「芭蕉です」

「まるで芭蕉のミイラですね。葉は全部落としたのですか」

「はい、そうです。でも、啓蟄《けいちつ》の頃になると突き破って芽が出てきます」

「すごい生命力ですね」

「その頃またお出掛け下さい」

「お仕事中、失礼いたしました」

「いえいえ、ごゆっくりどうぞ」

一人で巡る園はどこも冬枯れていたが、時々見る南天や千両、万両などの赤い実は、ありふれてはいたが、なければ淋しいような気もした。

池の畔《ほとり》に咲く子福《こふく》桜にしばし佇んだが、所々に散り敷く山茶花《さざんか》は、この時期の園の主役のようにも見えた。ふと花びらを拾うと手に触れた土が軟らかかった。

また、丈の低い数本の松には、余り必要とも思われない雪吊が施されていたが、芭蕉の霜除とともに園に確かな冬の到来を告げていた。

芭蕉の霜除

園内を一巡した私は、売店に入ると甘酒を注文した。そして、暖房の利いた店内に落ち着くと虚子の句を思い出した。

鉛筆を落せば立ちぬ春の土

これは、昭和九年に開催された武蔵野探勝会の時の作品ではなく、句日記によれば昭和十年十一月十八日、椿会で訪ねた時のものである。

吟行会当初は、あるいは下五を冬の土と置いた可能性もあるが、今は確かめようがない。ただ、これには読者も疑問に思ったらしく、「なぜ冬なのに春の土としたのか」との「問」が寄せられていた。これに対し虚子は、「玉藻」昭和十一年十二月号に「答」を載せた。

さうです。春季の句を作つたのです。私は写生に行つても必ずしもその時の句を作るとは限つておりません。その場合に或ヒントを得て思ひをめぐらして違ふ季のものを作ることがあります。この句も鉛筆を落して立つたのは事実その時にあつたことですが、それを春の土としたのは多少考を費してからのことであります。

「一年中何かしらの花の咲く百花園であれば、冬の土でも春の土でも、どちらでもよいではないか」

そう心の中で納得すると、私は熱い甘酒をすすった。

（平成二十四年一月二十九日）

しの字

俳句仲間の堀谷《ほりや》詠子さんの案内で、瑞雲院《ずいうんいん》にある富安風生《ふうせい》の句碑を訪ねたのは、二月二十

ないのです。

で…」

「──まさをなる空よりしだれざくらかな──ならいいのですが、はっきり見たわけではないの

「もし、枝垂桜の句ならば、風生のあの名句かも知れませんね」

「枝垂桜か枝垂梅か、記憶がはっきりしないのですが…」

五日の吟行会の帰りであった。

「それならば、さっそく行ってみましょう。もし違っていても風生の句碑ならば見ておいてもいいじゃないですか」

私は詠子さんの自信のなさそうな言葉を励ますように返事をすると、さっそく彼女と数名の希望者とともに瑞雲院に向かった。瑞雲院は、清見寺《せいけん》の隣の余り目立たない小さな寺で、JR興津《おきつ》駅から歩いて十五分程の所にあった。

到着した私達は、さっそく境内に入った。すると、右手の方向に僅《わず》かに枝垂れた梅とも桜とも判らぬ小ぶりな木が目に入った。近付いて見ると、まだ蕾も大分残っていたが、この狭い境内の中では一際明るい存在であった。

「詠子さん、残念ですが梅でした」

私は花の香りを捉えながら言った。

「梅でしたか…ごめんなさい」

「でも、これは確かに風生の句碑ですよ」

　おのづから法にかなひてしだれ梅　風生
　私は枝垂梅の下の句碑の文字を追いながら言った。

「風生先生は、避寒でよくこの興津に来ていたようです」

「句碑の裏に昭和五十二年五月、九十三歳書とありますから、恐らく最晩年の直筆の句を彫ったものでしょう」

　私は改めて句碑の文字を丹念に見たが、しだれ梅の〝し〟の字の流れるような美しさに、風生は多分、気持ちよくこの句を書いたのではないかと思った。なお、風生はこの一年九か月後に九十四歳の天寿を全うしている。

「隣の清見寺に臥龍梅を詠んだ与謝野晶子の歌碑―龍臥して法の教へを聞くほどに梅花の開く身となりにけり―がありますが、風生先生はこの歌を踏まえて詠んだのでしょうか」

「多分そうでしょう」

「でも、枝垂桜の句碑でなくて本当に残念です」

「私も以前から風生の枝垂桜の句には興味を持っていました。その句碑が千葉県にあると聞

弘法寺の伏姫桜

風生句碑
―まさをなる空よりしだれざくらかな―

いていますので、さっそく調べてみましょう」

「私も今年で八十四歳になります。生きている間に一度でいいから見てみたいものです」

「またいつか風生の枝垂桜で吟行会をやりましょうか」

「是非お願いします」

私は千葉県市川市の真間《まま》山《さん》弘法寺《ぐほうじ》に来ていた。ここには、風生の枝垂桜と句碑があった。この枝垂桜は伏姫《ふせひめ》桜と呼ばれていたが、樹齢は四百年を超えるとのことであった。

まさをなる空よりしだれざくらかな

風生がこの名句を授かったのは、昭和十二年四月三日、第八十回武蔵野探勝会の時で、その日の記事を担当した池内たけしによると、当日は風もなく至って長閑《のどか》であったようだ。そして、記事の題も「真間山の花」であった。

人の輪や枝垂桜をとり囲み　虚子

当日は、虚子も枝垂桜の句を詠んでいたが、「誰も皆この枝垂桜を賞でながら去りもやらず佇んでゐた」と記事にはある。うっとりと桜を見つめながら句を案じているみなの姿が見えてくるようだ。

後に風生は、昭和四十四年発行の『自選自解・富安風生句集』（白鳳社）の中でこの句を取り上げ、「色紙短冊等に書きちらした数の多いことで、恐らく一、二を争う」と書いていたが、内心肯《うなず》けるものがあった。

例年ならば私が訪ねた四月半ば頃は、もう葉桜になっていたと思われるが、今年はいつになく冷たい日が続き、この日も花の盛りは過ぎていたものの落花に間に合うことができた。何十本かの杖に支えられた老木は、低い竹垣でぐるり囲まれていたが、落花はそこからさらに厚みをもって四方へ広がっていた。

「木の上の方が折れているようですが、雷ですか？」

「あれは自重で折れたものです」

「幹の折れ曲ったところにトタン板が被《かぶ》せてありますが、あれは何のために…」

「雨が直接当るので浸食防止のためだと思います。老木なのでいつどこで折れるか心配です」

境内を掃いていた園丁《えんてい》に声を掛けると、しばらく話し相手になってくれた。

「あれが、富安風生の句碑ですか」

「そういった方面には、疎《うと》い方で申し訳ありません」

私の他にも時々、柵の前に来ては桜を見上げていく人がいたが、―ひさかたの光のどけき春の日に静心なく花の散るらむ―などと、紀友則《きのとものり》の歌の風情に浸りながら一時間近く枝垂桜との出会いを楽しんだ。

句碑は、碑陰によれば昭和四十五年四月五日、風生の生存中に建立されたものであった。

「思ったより〝し〟の字が長いなあ」

私は碑面の銅版に浮き上った風生の文字を丁寧《ていねい》に追った。しだれざくらの〝し〟の字が異様に長く、全体のバランスを欠くようにも見えたが、私は何故《なぜ》か首肯《しゅこう》することができた。それは、掲出の自選自解の中に次の箇所があったからである。


そのくせ〝し〟がむずかしいために、気持よく出来たと思ったためしが殆どない。この句をかいていると、そばから妻が「しの字ばかりを長くか?…」といって笑う。何でも源氏物語の末摘花が字がへたで、「しの字ばかりを長く…」云々という一節があるとかいうのである。

私は落花を浴びながら風生の二つの句碑に残された〝し〟の字を頭の中でなぞっていた。

（平成二十四年六月二十九日）

葛飾

千葉県市川市の真間山弘法寺を訪ねた私は、富安風生の枝垂桜を堪能すると一旦そこを離れた。実は、同じ境内に水原秋桜子の句碑があった。秋桜子は葛飾《かつしか》の地を愛し、よく詠んだが、現在の市川市真間もかつての葛飾の一部であった。他に船橋市や浦安市辺りも葛飾に含まれていたようだ。

ＪＲ市川駅から道幅の狭い大門通りを徒歩で行くと、十五分程で弘法寺の前に出る。六十段程の磴《とう》を上り終ると正面に阿吽《あうん》の木像を配した仁王門がある。仁王門の手前には歌碑や句

秋桜子句碑
―梨咲くと葛飾の野はとのぐもり―

碑があるが、秋桜子のそれは左手にあった。花屑がまるで句碑から溢れ出たかのように広がっていたが、風生の句碑の背景の明るさとは対照的に樹下の落ち着いた暗さに沈んでいた。

梨咲くと葛飾の野はとのぐもり

句碑の裏側の文字は、大分傷んで読み難いものであったが、昭和二十七年に馬酔木《あしび》会によって建立されたものであることが確認できた。そして、この句はホトトギス昭和二年四月号の巻頭を飾った五句中の一句であった。ただ、風生の名句と比べてしまうとやはり心に深く残らない、私にはそう感じられた。

秋桜子は句集『葛飾』を昭和五年四月に出版したが、自身の序によれば、タイトルの由来を「その土地が私にとつて懐かしいばかりでなく、多くの句を得さしてくれたことを記念するためである」とし、さらに「此の句集の出来上る頃、真間の継橋《つぎはし》の下には蘆《あし》の芽があた、かに萌え、手古奈の宮のほとりには連翹《れんぎょう》が昔ながらの色に咲きはじめて居ることであらう」

と結んでいた。

老の春「高濱虚子」一といふ書物　虚子

句日記によれば、虚子は昭和二十七年十二月十日にこの句を詠んでいるが、秋桜子の『高濱虚子』と題する随想集の寄贈を受けて出来たものであった。ただ、すでに昭和十九年に大野林火が『高濱虚子』を出版していたので、両方の書が虚子の念頭にはあったようだ。

その秋桜子の『高濱虚子』によれば、『葛飾』に対する虚子の感想は、次のように厳しいものであった。

「葛飾の春の部だけをきのう読みました。その感想をいいますと…」ここで一寸言葉をきったのち「たったあれだけのものかと思いました」と言った。（中略）

「あなた方の句は、一時どんどん進んで、どう発展するかわからぬように見えましたが、この頃ではもう底が見えたという感じです」と言った。

秋桜子の生真面目《きまじめ》さと虚子に寄贈した臆《おく》することのない態度から見ても『高濱虚子』に書かれた内容は、基本的に信頼できるものであろう。そして、この場面は特に印象深く、読む度に「虚子らしくないなあ」などと生意気にも思うのであった。

武蔵野探勝会でも、第二十八回「真間の晩秋」と第八十回「真間山の花」が、この地で開催されたが、葛飾や真間を俳枕として定着させたのは、やはり秋桜子の功を大としなければならない。ただ、秋桜子は昭和六年七月十九日に開催された第十二回「古利根」を最後にホトトギスを去っているので、その後に開催された探勝会に参加することはなかった。

連翹や真間の里びと垣を結はず

しづみ見ゆ手古奈の宮や蘆の花

これ等、秋桜子の句から想像していた真間ではあるが、古くは万葉集に登場する伝説の地であった。真間手児奈《ままのてこな》は、広辞苑等国語辞典の解説にもあるように、真間の入江に投身自殺をした伝説の美女のことであった。秋桜子の句のように手古奈とも書いたようだ。私は、秋桜子の『葛飾』から手古奈の宮（手児奈霊神堂）や真間の継橋を知ったが、みな弘法寺の近くにあった。

私は、花屑を踏みながら句碑を後にするとそれ等を訪ねた。そして、もし秋桜子がこの地で開催された二回の探勝会に参加していれば、あるいは風生の枝垂桜にも負けないような名句を残したのではないか、と少し早すぎた離脱を惜しんだのであった。

（平成二十四年七月二十日）

高浜虚子略年譜（満年齢）

＊本書関連記事・関係者没年等

明治七年（〇歳）

二月二十二日、松山市に生れる。本名は清。父・池内庄四郎政忠（後の信夫）、母・柳（旧姓山川）の四男。廃藩後、一家で風早郡柳原村西ノ下に帰農。

明治十四年（七歳）

農業をやめ松山市榎町に転居。智環小学校入学。祖母方の高浜家を継ぐ。

明治二十年（十三歳）

県立松山第一中学校入学（五月に廃校）。新設の松山高等小学校入学。

明治二十一年（十四歳）

九月、伊予尋常中学校入学。河東秉五郎（後の碧梧桐）と同級。

明治二十四年（十七歳）

五月、碧梧桐を介して東京の子規に書簡を送る。六月、松山に帰省した子規と初対面。九月、書簡で子規に雅号を依頼。十月、子規の書簡で虚子と号す。

＊三月二十五日、父・信夫没。

明治二十五年（十八歳）

四月、伊予尋常中学校卒業。七月、子規を介して夏目漱石に会う。九月、京都第三高等中学校予科に入学。十一月、子規と京都に遊び、産寧坂の天田愚庵を訪う。

明治二十六年（十九歳）

春期休暇を利用して上京。数日子規庵（下谷上根岸）に滞在。九月、碧梧桐が虚子と同じ京都第三高等中学校予科に入学。同居して「虚桐庵」「双松庵」と称す。

明治二十七年（二十歳）

一月、休学して上京、常磐会寄宿舎や子規庵に滞在。五月、木曽路を経て京都に帰る。

六月、復学。七月、学制変革により予科解散。松山に帰る。八月、日清戦争はじまる。九月、高等学校令公布に伴い、碧梧桐と共に仙台第二高等学校に転校したが、翌十月に揃って退学、子規を頼って上京。この頃から子規門（日本派）の新人として注目される。

明治二十八年（二十一歳）

四月初旬、愛媛県尋常中学校教員として赴任してきた夏目漱石（金之助）と松山で会う。五月、子規が従軍の帰途船中で喀血、神戸病院に入る。陸羯南の要請により、子規の看病にあたる。七月、子規を須磨保養院に送って東京に戻る。十二月、道灌山の婆の茶店で子規から改めて後継者になるよう要請されるが固辞。

明治二十九年（二十二歳）

一月、子規庵新年句会で、森鷗外と同席。二月、松山に帰郷した折り、漱石らと神仙体の句を作る。四月、東京神田淡路町の高田屋に碧梧桐と同居。この頃から碧梧桐と共に子規門の双璧と称される。十二月、国民新聞俳句欄選者。

明治三十年（二十三歳）

一月、柳原極堂が松山で「ほと、ぎす」を創刊。六月、大畠いとと結婚。九月、上京した小兄・池内政夫の下宿営業を手伝う。十一月、北豊島郡日暮里（現荒川区、善性寺の隣の区画）の下宿三畳でしばらく新婚生活を送る。後の小説「三畳と四畳半」の舞台となる。

明治三十一年（二十四歳）

一月、万朝報に入社。二月、神田五軒町に転居。三月二十一日、長女・真砂子誕生。四月、『俳句入門』（内外出版協会）刊。六月、万朝報退社。九月、経営難の「ほと、ぎす」を松山から東京に移し発行人となる。十月、東京版「ほと、ぎす」第一号を発行。同号に虚子の写生文の嚆矢「浅草寺のくさ〴〵」を掲載。十二月、神田猿楽町に転居。

＊十一月七日、母・柳没。

明治三十二年（二十五歳）

五月、大腸カタルを病み神田駿河台山龍堂病院に一と月入院。その後、伊豆の修善寺温泉新井屋で療養。その間「浴泉雑記」執筆。

明治三十三年（二十六歳）

九月、子規庵で開かれた初の山会（文章会）に出席。十二月十六日、長男・年尾誕生。同月、子規派初の文章集『寒玉集』（ホトトギス発行所）刊。同じく『寸紅集』刊。

明治三十四年（二十七歳）

二月、神田区猿楽町内に転居。五月、日本派の俳句集、子規編『春夏秋冬』春之部（ホトトギス社）刊。七月、碧梧桐らと富士山に登る。同月、麹町区富士見町に発行所と共に転居。同月、俳書堂を創設。

＊九月一日、三兄・池内政夫没。

明治三十五年（二十八歳）

四月、中兄・池内信嘉が能楽の維持・振興を志して上京。五月、碧梧桐と共選『春夏秋冬』夏之部（俳書堂）刊。七月、信嘉が雑誌「能楽」を発行。同月、『春夏秋冬』秋之部（俳書堂）刊。

＊九月十九日、正岡子規没。

明治三十六年（二十九歳）

一月、『春夏秋冬』冬之部（俳書堂）刊。九月、編共著『写生文集』（俳書堂）刊。碧梧桐がホトトギス九月号に「温泉百句」を掲載。虚子がホトトギス十月号に「現今の俳句界」を掲載し碧梧桐の「温泉百句」を批判。十一月十五日、二女・立子誕生。

明治三十七年（三十歳）

二月、日露戦争はじまる。五月、『松山道後案内』（俳書堂）刊。ホトトギス九月号に「連句論」を掲載。ホトトギス十一月号に漱石と作った俳体詩「尼」を掲載。漱石に文章を書くことを勧める。

明治三十八年（三十一歳）

ホトトギス一月号より漱石の「吾輩は猫である」を連載。四月、ホトトギス百号。九月、「俳諧スボタ経」をホトトギスに掲載。俳書堂を籾山仁三郎（梓月）に譲る。

明治三十九年（三十二歳）

一月、伊藤左千夫の「野菊の墓」をホトトギスに掲載。『俳諧馬の糞』（俳書堂）刊。三月、共著『帆立貝』（俳書堂）刊。ホトトギス四月号の巻末付録に漱石の「坊っちゃん」を掲載。十月二十一日、二男・友次郎誕生。長兄の池内姓を継がせる。

明治四十年（三十三歳）

ホトトギス一月号に小説「欠び」を掲載。四月、漱石が東京朝日新聞社に入社。ホトトギス四月号に小説「風流懺法」を掲載。同五月号に小説「斑鳩物語」を掲載。五月、『俳諧一口噺』（金尾文淵堂）刊。ホトトギス七月号に小説「大内旅宿」を掲載。この頃、小説へ傾倒。

＊九月二日、陸羯南没。

＊十二月十六日、浅井忠没。

明治四十一年（三十四歳）

一月、夏目漱石序・短編小説集『鶏頭』（春陽堂）刊。同月、共著「新写生文」（東亜堂書房）刊。二月、国民新聞に「俳諧師」を連載。同月、『稿本虚子句集』（俳書堂）刊。十

月、国民新聞社に入社し文芸部を創設。ホトトギス十月号より雑詠選を始めるが翌年七月で中断。

明治四十二年（三十五歳）

一月、小説『俳諧師』（民友社）刊。同月、ホトトギスに小説「三畳と四畳半」を掲載。同月、「続俳諧師」を国民新聞に連載。五月四日、三女・宵子誕生。七月、修善寺に滞在。十月、腸チフスで大学病院に入院。十一月、『虚子小品』（隆文館）刊。十二月、小説『凡人』（春陽堂）刊。同月、麹町区五番町に転居。

明治四十三年（三十六歳）

八月、修善寺の菊屋別館で吐血した漱石を見舞う。九月、国民新聞社を退社しホトトギスの経営に専念。同月、ホトトギス九月号発売禁止（一宮滝子「をんな」による）。十二月、鎌倉に転居。同月、ホトトギス発行所を芝区南佐久間町に移す。この頃、ホトトギス発行部数低下で財政難に陥る。

明治四十四年（三十七歳）

四月十七日〜五月上旬、赤木格堂と朝鮮に遊ぶ。六月〜七月六日、再び朝鮮に遊ぶ。ホトトギス四月号に「由比ヶ浜」掲載。七月、小説「朝鮮」を東京日日新聞と大阪毎日新聞に連載。同月、編『さしゑ』（光華堂）刊。八月、「鎌倉生活」を国民新聞に掲載。十月、ホトトギスを極力虚子単独の執筆に切り替える。十二月、「子規居士と余」をホトトギスに連載。

＊四月、鎌倉七里ガ浜に鈴木療養所開所。

明治四十五年・大正元年（三十八歳）　＊大正元年は七月三十日から

二月、小説『朝鮮』（実業之日本社）刊。五月、「愛読者諸君」と題した決意表明をホトトギスに掲載。ホトトギス七月号に雑詠選を復活。七月、四女・六誕生。十一月、腸を病んで病臥。

大正二年（三十九歳）

一月、俳壇に復帰。ホトトギスに七条の高札を掲げる。この頃、健康にすぐれず能楽に遊びながら句作。三月、「暫くぶりの句作」をホトトギスに掲載。同月、『虚子文集』（実業之日本社）刊。五月、ホトトギス二百号。同月、ホトトギス発行所を牛込区船河原町に移す。九月、鎌倉大町に転居。十二月、「俳句の作りやう」をホトトギスに掲載。

＊七月三十日、伊藤左千夫没。

大正三年（四十歳）

三月、『俳句とはどんなものか』（実業之日本社）刊。七月、鎌倉能楽堂を同志十人と共に建設。九月、「鎌倉能舞台の記」をホトトギスに掲載。十一月、『俳句の作りやう』（実業之日本社）刊。同月、修善寺に滞在。十二月、『杏の落ちる音』（日月社）刊。

＊四月二十二日、四女・六（白童女）没。

大正四年（四十一歳）

一月九日、五女・晴子誕生。三月、『俳句と自分』（実業之日本社）刊。ホトトギス四月号より「進むべき俳句の道」を連載。五月、『柿二つ』（新橋堂）刊。六月、『子規居士と余』（日月社）刊。十月、渡辺水巴選『虚子句集』（植竹書院）刊。十一月、長谷川かな女らを中心に婦人俳句会をはじめる。同月、修善寺に滞在。
＊二月八日、長塚節没

大正五年（四十二歳）

一月、「落葉降る下にて」を中央公論に掲載。二月、修善寺滞在。三月、新作能「鉄門」をホトトギスに掲載。五月、『俳句の大道』（実業之日本社）刊。八月、『子規句集講義』（俳書堂）刊。
＊十月十四日、長兄・政忠没。
＊十二月九日、夏目漱石没。

大正六年（四十三歳）

「漱石氏と私」をホトトギス二月号より連載。六月、『十五代将軍』（阿蘭陀書房）刊。七月、『道』（新潮社）刊。九月、鎌倉大町より家を現在の敷地に移築・転居。十月、大和郡山に原田浜人を訪う。十一月、共著編『月並研究』（実業之日本社）刊。
＊五月十六日、寒川鼠骨没。

大正七年（四十四歳）

一月、「俳談会」をホトトギスに連載。同月、『漱石氏と私』（アルス）刊。四月、『俳句は斯く解し斯く味ふ』（新潮社）刊。七月、『進むべき俳句の道』（実業之日本社）刊。八月、山会を復活。

大正八年（四十五歳）

一月、新作能「実朝」を中央公論に掲載。三月、『どんな俳句を作ったらいいか』（実業之日本社）刊。四月、『伊予の湯』（森知之編発行）刊。六月十七日、六女・章子誕生。

大正九年（四十六歳）

十月、軽い脳溢血で倒れ、約一と月静養。以後、還暦を迎えるまで禁酒。

大正十年（四十七歳）

六月、『風流懺法』（中央出版協会）刊。七月、『小学読本中の俳句評釈』（培風館）刊。九月、ホトトギス三百号。十月、『中学読本中の俳句評釈』（培風館）刊。

大正十一年（四十八歳）

三月、島村元を伴って九州に遊ぶ。六月、『中学読本中の俳句評釈―続篇』（培風館）刊。九月、『ホトトギス雑詠選集』（実業之日本社）刊。

＊七月九日、森鷗外没。

大正十二年（四十九歳）

一月二十六日、ホトトギス発行所を丸ビル内に移す。三月、「嵯峨半日」をホトトギスに掲載。九月一日、関東大震災。家族を一時、京都に移す。虚子は島村元の初七日のため鎌倉にいた。

＊八月二十六日、島村元没。

大正十三年（五十歳）

一月、ホトトギスに同人と課題句選者を置く。ホトトギス三月号に「客観写生句の面白味―浜人君に答ふ―」を掲載。四月、虚子選『毎日俳句集』（大阪毎日新聞社）刊。六月、『朝の庭』（改造社）刊。九月、「写生といふこと」をホトトギスに掲載。十月、朝鮮・満州に遊ぶ。
＊七月、『島村元句集』（編輯兼発行者・島村環）刊。

大正十四年（五十一歳）

四月、細川家能舞台にて「熊野」を演ず。十月、ホトトギスに「雑詠句評会」をはじめる。

大正十五年・昭和元年（五十二歳）　＊昭和元年は十二月二十五日から

八月、「俳句漫談」をラジオ放送。十月、ホトトギス発刊三十年。
＊一月―浪音の由比ケ浜より初電車―。
＊二月二十日、内藤鳴雪没。

昭和二年（五十三歳）

六月、「明治年間雑誌「ホトトギス」略史」を早稲田文学に掲載。八月、蒲郡俳句大会（常盤館）。十二月、改造社依頼の執筆のため高野素十と柏崎夢香を伴い京都へ。

＊四月、小塙徳女句集『大原集』（四季の茶屋）刊。
＊五月十二日、子規母堂・八重没。
＊九月十九日―秋天の下に浪あり墳墓あり―。

昭和三年（五十四歳）

一月、「時雨をたづねて」を改造に掲載。四月、大阪毎日新聞社で「花鳥諷詠」と題して講演。五月、細川家能舞台で「歌占」を舞う。六月、『虚子句集』（春秋社）刊。七月、共著『現代俳句評釈』（春秋社）刊。同月、『明治大正文学全集第二十一巻（長塚節・高浜虚子・吉村冬彦篇）』（春陽堂）刊。九月、ホトトギス講演会で山口青邨が「東に秋素の2Sあり！、西に青誓の2Sあり！」と後の4Sに繋がる講演をする。
＊ホトトギス三月号「雑詠句評会」、高野素十の句―翠黛の時雨いよ〳〵はなやかに―合評。

昭和四年（五十五歳）

五月～六月、満州旅行。十二月、ホトトギス四百号。

昭和五年（五十六歳）

三月、『句集虚子』（改造社）刊。五月、『一二三片』（ほとゝぎす発行所）刊。同月、『現代日本文学全集第四十篇（伊藤左千夫・長塚節・高浜虚子集）』（改造社）刊。六月、立子に『玉藻』を創刊主宰させる。八月、第一回武蔵野探勝会「欅並木」を府中で開催。

＊ホトトギス十月号「雑詠句評会」、岡田耿陽の句―漂へるもの、かたちや夜光虫―合評。

昭和六年（五十七歳）

四月、虚子選『日本新名勝俳句』（大阪毎日・東京日日新聞社）刊。七月、前年の句稿を「句日記」と題しホトトギスに掲載。没年まで続く。十月、水原秋桜子が「馬酔木」に「自然の真と文芸上の真」を掲載、ホトトギス離脱。

＊七月十九日、第十二回武蔵野探勝会「古利根」―夕影は流るゝ藻にも濃かりけり　虚子―。

昭和七年（五十八歳）

七月、「玉藻」に「花鳥諷詠の革命はできぬ―立子へ―」を掲載。九月、向島百花園より観月句会の中継放送。

昭和八年（五十九歳）

十月、共編『俳諧歳時記』全五巻（改造社）刊行開始。三月、河東碧梧桐が「日本及日本人」誌上に俳壇引退表明。十二月、『新俳文』（小山書店）刊。

＊十二月三日、第四十一回武蔵野探勝会「禅寺の日向」―冬の水一枝の影も欺かず　草田男―。

昭和九年（六十歳）

一月、癰《よう》を病んで駿河台病院に入院。二月、ホトトギスに「還暦座談会」の連載開始。四月、『高浜虚子全集』全十二巻（改造社）の刊行開始。同月、共著『俳句入門の知識』（非凡閣）刊。九月、「俳句の手ほどき」をラジオ放送。十一月、虚子編『新歳時記』（三省堂）刊。

＊二月四日、第四十三回武蔵野探勝会「雪の百花園」―六十の寒があけたる許りなり　虚子―。

＊五月十七日、中兄・池内信嘉没。

＊十月、『川端茅舎句集』（玉藻社）刊。

＊十一月四日、第五十二回武蔵野探勝会「川蒸気」―川を見るバナヽの皮は手より落つ
虚子―。

昭和十年（六十一歳）

三月、コロムビア蓄音機会社の委嘱によりレコードに俳句を録音。十月、中村吉右衛門のために脚本「髪を結ふ一茶」を書く。同月、『俳句読本』（日本評論社）刊。十一月、「髪を結ふ一茶」を東京劇場で上演。
＊四月、小塙徳子著『山居』（人文書院）刊。
＊「句日記」十一月十八日―鉛筆を落せば立ちぬ春の土―。

昭和十一年（六十二歳）

二月十六日、六女・章子を伴い箱根丸で渡仏。五月、マルセーユより帰国の途に着く。六月十五日、横浜入港帰朝。八月、『渡仏日記』（改造社）刊。十一月、『句日記（昭和五年～十年）』（改造社）刊。
＊七月、高岡智照、大覚寺塔頭祇王寺入庵。

昭和十二年（六十三歳）

三月、『紀行文・俳文』（改造社）刊。六月、帝国芸術院創設、会員に推される。同月、『五百句』（改造社）刊。九月、『俳句文学全集・高浜虚子篇』（第一書房）刊。

＊一月九日、松瀬青々没。

＊二月一日、河東碧梧桐没。

＊四月三日、第八十回武蔵野探勝会「真間山の花」――まさをなる空よりしだれざくらかな　風生――。

＊六月十四日、五百木瓢亭没。

昭和十三年（六十四歳）

四月、ホトトギス五百号。同月、年尾に「俳諧」を創刊主宰させる。八月、『俳句・俳文・俳話』（河出書房）刊。同月、『ホトトギス雑詠選集』全四巻（改造社）刊行開始。十一月、ホトトギス同人会の寄贈した虚子胸像（石井鶴三作）除幕式。

昭和十四年（六十五歳）

二月、第一回日本探勝会を蒲郡（常盤館）で開催。

＊四月二日、本田あふひ没。

＊五月、川端茅舎句集『華厳』（竜星閣）刊。

＊十月、岡田耿陽句集『汐木』（花鳥堂）刊。

＊十月二十六日、田中王城没。

昭和十五年（六十六歳）

二月、『年代順虚子俳句全集』全四巻（新潮社）刊行開始。六月、編『季寄せ』（三省堂）刊。十一月、新作能「時宗」をホトトギスに掲載。同月、新作能『青丹吉』（わんや書店）刊。同月、修善寺新井屋主人の病気を見舞う。十二月、日本俳句作家協会設立、会長に就任。

昭和十六年（六十七歳）

五月、『新選ホトトギス雑詠全集』全九冊（中央出版協会）の刊行開始。六月、虚子選『子規句集』（岩波文庫）刊。十一月、写生文「秋の蝶」をホトトギスに掲載。同月、新作能『時宗』（わんや書店）刊。十二月、太平洋戦争始まる。
＊六月、川端茅舎句集『白痴』（甲鳥書林）刊。
＊七月十七日、川端茅舎没。
＊九月十三日、高木晴子長女・防子（紅童女）没。

昭和十七年（六十八歳）

二月、『霜蟹』（新声閣）刊。三月、『句日記（昭和十一年〜十五年）』（中央出版協会）刊。四月、新作能「義経」をホトトギスに掲載。五月、『立子へ』（桜井書店）刊。六月、日本文学報告会俳句部会長。同月、『能楽遊歩』（丸岡出版社）刊。七月、編『武蔵野探勝』全三冊（甲鳥書林）刊行開始。八月、脚本「時宗」をホトトギスに掲載。同月、新作能『義経』（檜書店）刊。十月、新作長唄「脇僧」をラジオで放送。十二月、『俳句の五十年』（中央公論社）刊。
＊三月二十八日、赤星水竹居没。

昭和十八年（六十九歳）

六月、ヘルペスのため聖路加病院入院。九月、『俳談』（中央出版協会）刊。同月、『正岡子規』（甲鳥書林）刊。十月、『五百五十句』（桜井書店）刊。十一月、「嵯峨日記」を中村吉右衛門一座が歌舞伎座上演。同月、新作能『奥の細道』（わんや書店）刊。同月、三国の森田愛子を訪う。

＊二月六日、大谷句仏没。

＊六月六日、中村不折没。

昭和十九年（七十歳）

三月、『奥の細道・嵯峨日記など』（甲鳥書林）刊。五月、用紙不足のため「玉藻」「俳諧」をホトトギスに合併。九月、高木晴子一家と共に信州小諸町に疎開（昭和二十二年十月まで）。

昭和二十年（七十一歳）

五月、戦局悪化のためホトトギス六月号発行不能。九月まで休刊。八月十五日終戦。十一月、三国の森田愛子を訪う。

＊「句日記」三月十一日―蓼科に春の雲今動きをり―。

＊「句日記」四月十四日―紅梅や旅人我になつかしく―。

昭和二十一年（七十二歳）

四月、痒痾などで新潟大学医学部病院に一時入院。六月、ホトトギス六百号記念小諸俳句会。八月、『小諸雑記』（菁柿堂）刊。同月、下部温泉にてホトトギス六百号記念俳句会。九月、「玉藻」復刊。十月、『贈答句集』（菁柿堂）刊。同月、『子規句解』（創元社）刊。十一月、大佛次郎の文芸雑誌「苦楽」創刊。十二月、ホトトギス六百号。同月、『小諸百句』（羽田書店）刊。

＊九月、『定本川端茅舎句集』（養徳社）刊。

昭和二十二年（七十三歳）

一月、小説「虹」を「苦楽」に掲載。『句日記（昭和十六年～二十年）』（創元社）刊。二月、『六百句』（菁柿堂）刊。十月、小諸より鎌倉に戻る。同月、『父を恋ふ』（改造社）

刊。十二月、『虹』（苦楽社）刊。

＊四月一日、森田愛子没。

＊四月、国民学校から鎌倉市立御成小学校に。五月、小学校の敷地内に中学校を併設。中学校は昭和四十一年に現在の笹目町に新築移転。

＊「句日記」十月十四日―爛々と昼の星見え菌生え―。

昭和二十三年（七十四歳）

三月、中田余瓶編『虚子京遊句録』（富書店）刊。九月、『定本虚子全集』全十二巻（創元社）刊行開始。十一月、『虚子自伝』（菁柿堂）刊。十二月、『自叙伝全集・高浜虚子』（文潮社）刊。

＊十二月一日、赤木格堂没。

昭和二十四年（七十五歳）

二月、赤星水竹居編『虚子俳話録』（学陽書房）刊。九月、「苦楽」終刊。十二月、『現代日本小説大系十八（高浜虚子・伊藤左千夫・長塚節集）』（河出書房）刊。

＊七月十日、下村為山没。

昭和二十五年（七十六歳）

二月、自筆句集『喜寿艶』（創元社）刊。十二月、二週間程静臥。

昭和二十六年（七十七歳）

ホトトギス三月号より雑詠選を年尾に譲る。九月、子規五十年忌を修す。同月、『椿子物語』（中央公論社）刊。同月、『虚子自選句集』全四冊（創元文庫）刊行開始。十一月、『芭蕉』（中央公論社）刊。

昭和二十七年（七十八歳）

ホトトギス六月号に久米三汀への追悼文「懐かしい友人」掲載。七月、『昔薊』（書林新甲鳥）刊。十一月、『虚子秀句』（中央公論社）刊。

＊三月一日、久米三汀（正雄）没。

＊「句日記」三月三日―花の旅いつもの如く連れ立ちて―。

＊三月、鎌倉瑞泉寺句碑（比翼塚）建立―花の旅いつもの如く連立ちて―。
＊「句日記」三月九日―永き日のわれ等が為の観世音―。
＊四月、鎌倉長谷寺観音像建立―永き日のわれらが為めの観世音―。
＊「句日記」五月二十三日―美人手を貸せばひかれて老涼し―。
＊「句日記」十二月十日―老の春「高濱虛子」といふ書物―。

昭和二十八年（七十九歳）

六月、『子規について』（創元社）刊。七月、『句日記（昭和二十一年～二十五年）』（創元社）刊。

昭和二十九年（八十歳）

五月、『現代随想全集十八（斉藤茂吉・釈超空・高浜虛子集）』（創元社）刊。九月、『昭和文学全集四十三（高浜虛子・釈超空・日夏耿之介集）』（角川書店）刊。十一月、文化勲章受章。
＊八月十八日、坂本四方太没。

＊九月五日、中村吉右衛門没。

昭和三十年（八十一歳）

一月、『俳句への道』（岩波新書）刊。四月、『虚子自伝』（朝日新聞社）刊。同月、朝日新聞俳壇選者。同月、ホトトギス七百号。六月、『六百五十句』（角川書店）刊。同月、虚子編『現代写生文集』（角川書店）刊。九月、「芭蕉の女」をホトトギスに掲載。

＊十一月、小諸市八幡神社句碑建立―立科に春の雲今うごき居り―。

昭和三十一年（八十二歳）

一月、『少年少女のための現代日本文学四・高濱虚子集』（東西文明社）刊。三月、「寂光院」を玉藻に掲載。同月、『虚子句集』（岩波文庫）刊。

＊秋日和の日、原ノ台の虚子庵へ御成小学校と中学校の門札の揮毫を依頼に、上野章子・美子親子と学校を代表して六本木彌太郎が同伴。

昭和三十二年（八十三歳）

一月、『現代日本文学全集六十六・高浜虚子集』（筑摩書房）刊。同月、「老いての旅」を四月までホトトギスに連載。十月、『現代俳句文学全集六・高浜虚子集』（角川書店）刊。

＊十月七日、柳原極道没。

昭和三十三年（八十四歳）

二月、『虚子俳話』（東都書房）刊。四月、『句日記（昭和二十六年〜三十年）』（新樹社）刊。十二月、『虚子百句』（便利堂）刊。

昭和三十四年（八十五歳）

四月一日、脳幹部出血で倒れる。八日、永眠。十一日、鎌倉寿福寺にて密葬。戒名は虚子庵高吟椿寿居士。十四日、従三位勲一等瑞宝賞。十七日、青山斎場にて葬儀。

＊「句日記」三月三十日―幹にちよと花簪のやうな花―

〃 ―春の山屍をうめて空しかり―

〃 ―獨り句の推敲をして遅き日を―

【付記】本略年譜は次の資料を参考にした。
①『定本高濱虚子全集〈別巻〉虚子研究年表』（毎日新聞社）
②『虚子物語』（有斐閣）「高浜虚子略年譜」
③『高濱虚子・郷土俳人シリーズ③』（愛媛新聞社）「高浜虚子略年譜」

あとがき

写生文を書き始めた頃は、書く材料といえば身辺雑記しかなかった。時々は紀行文などもあったと思うが、対象の読者は「ホトトギス」の誌友に限られていた。それも読者のことは余り考えず、もっぱら自らの文章鍛錬という気持ちで書いていた。

ところが、俳句の大会や各種行事等、俳人との交遊を続けているうちに、私の写生文の読者が結構いることに気付かされた。それは、私の俳句よりも文章の方を覚えてくれている人の方が多いことを意味していた。

さらに、興味深いことは、身辺雑記の反応は弱く、子規や虚子などの俳人に関係する文章の反応は、幾分強いことも判った。それもその筈で、ホトトギスの読者の中には、子規や虚子に関してならば、私より詳しい人は結構いるもので、私の文章の欠点などは、すぐに見抜いてしまうのであった。

そういった玄人に近い人達の目にも適ったものを書くことが、その後の写生文の転機ともなり目標ともなった。その最初の成果、と言える程のものでもないが、先に出版した『子規探訪』と『虚子と静岡』は、主な内容が静岡県のことだけに、県内の読者からは、概ね良好な評価を得たようだ。「知らないことがこんなに多いとは…この本をきっかけにもっと子規や虚子のことを学びたいと思います」。評価といっても、まあその程度のものであるが…。しかし、私にとっては一つの手応えであった。

そして、今回の『虚子探訪』は、三冊目の写生文集になるが、これまで調べた静岡県外の虚子の足跡をまとめたものである。幸い、虚子と鎌倉がメインテーマということもあって、神奈川新聞社の企画として出版していただけることになった。

出版メディア部の小林一登氏をはじめ関係者の方々にお礼申し上げる。

平成二十九年六月吉日

須藤常央

『ホトトギス』初出一覧

一、虚子と鎌倉

愛子句集…平成十八年八月号
寿福寺…平成十八年九月号「冬の虫干」
虚子庵…平成十八年十月号「棕櫚」
花簪…平成十八年十一月号
門札…平成十八年十二月号
門札以前…平成十九年一月号
門札その後（一）―御成中学校―…平成十九年二月号
門札その後（二）―御成小学校―…平成十九年三月号
門札その後（三）―門札の真相―…平成十九年六月号
由比ケ浜…平成十九年四月号
鈴木療養所…平成十九年五月号
大佛茶廊…平成十九年七月号「冬日」

大佛次郎記念館…平成十九年八月号「冬日（二）」
苦楽…平成十九年九月号「冬日（三）」
能舞台…平成十九年十月号「風五月」
瑞泉寺（一）…平成十九年十一月号「老鶯（一）」
瑞泉寺（二）…平成十九年十二月号「老鶯（二）」
瑞泉寺（三）…平成二十年一月号「老鶯（三）」
土鈴…平成二十年二月号
はんと次郎（一）…平成二十年三月号
はんと次郎（二）…平成二十年四月号
虚子と三汀（一）…平成二十年五月号
虚子と三汀（二）…平成二十年六月号

二、虚子と京都

渉成園（枳殻邸）…平成二十六年九月号「数へ日」
大原（一）—時雨を訪ねて—…平成二十八年六月号「大原（一）」

大原（二）―翠黛山―…平成二十八年七月号「大原（二）」
大原（三）―柴漬―…平成二十八年八月号「大原（三）」
大原（四）―五葉の松―…平成二十八年九月号「大原（四）」
大原（五）―徳女の句碑―…平成二十八年十月号「大原（五）」
大原（六）―小塙徳女―…平成二十八年十一月号「大原（六）」
大原（七）―徳女の墓―…平成二十九年二月号「大原その後（一）」
大原（八）―ますや―…平成二十九年三月号「大原その後（二）」
祇王寺（一）…平成二十九年四月号
祇王寺（二）…平成二十九年五月号
祇王寺（三）…平成二十九年六月号

三、虚子と小諸

爛々と…平成十年八月号
なつかしき…平成二十四年九月号
春の雪…平成二十四年十月号

四、虚子と三河

石川喜美女…平成十四年九月号「雪柳」

岡田耿陽と百句塔…平成十四年十二月号「梅雨晴」

竹島…平成十五年一月号「船虫」

海辺の文学記念館…平成十五年二月号「虚子の礼状」

五、虚子と川端茅舎

朴の花…平成十七年四月号

序…平成十七年五月号

青露庵…平成十七年六月号

花鳥諷詠…平成十七年七月号

六、虚子と島村元

遺言の如く（一）…平成二十三年七月号

遺言の如く（二）…平成二十三年八月号

遺言の如く（三）…平成二十三年九月号
遺言の如く（四）…平成二十三年十月号

七、武蔵野探勝

夕影（一）…平成二十二年九月号
夕影（二）…平成二十二年十月号
普済寺…平成二十二年十一月号「普済寺を訪ねて」
冬の水…平成二十三年一月号
バナナ…平成二十三年十一月号
冬の一日（一）…平成二十四年五月号
冬の一日（二）…平成二十四年六月号
しの字…平成二十四年十一月号
葛飾…平成二十四年十二月号

著者プロフィール

須藤　常央（すとう・つねお）

昭和31年4月21日群馬県生まれ
静波俳句会代表
時雨句会（稲畑汀子主催）所属
山会（稲畑汀子主催）所属
俳誌『桑海』副主宰
俳誌『ホトトギス』同人
日本伝統俳句協会理事
虚子記念文学館評議員
静岡県俳句協会理事
第45回角川俳句賞受賞
『子規探訪』（静岡新聞社）
『虚子と静岡』（静岡新聞社）

虚子探訪

2017年9月1日　初版発行

著　者　須藤　常央
発　行　神奈川新聞社
〒231-8445　横浜市中区太田町2-23
☎045(227)0850

　ISBN978-4-87645-570-6　C0095